U1014653

From the Promised Land
to the Bank of Mekong River

从应许之地到湄公河畔

以色列、巴尔干、越南行

邹晶——著

中国出版集团
研究出版社

图书在版编目(CIP)数据
从应许之地到湄公河畔 / 邹晶著. -- 北京 : 研究出版社, 2022.1
ISBN 978-7-5199-1192-8

Ⅰ. ①从… Ⅱ. ①邹… Ⅲ. ①游记－作品集－中国－当代 Ⅳ. ①I267.4

中国版本图书馆CIP数据核字 (2022) 第011462号

出 品 人：赵卜慧
责任编辑：张 琨

从应许之地到湄公河畔

出版发行：研究出版社
地　　址：北京市东城区华腾灯市口商务楼五层
电　　话：010-64217619　64217612（发行中心）
经　　销：新华书店
印　　刷：北京汇瑞嘉合文化发展有限公司
版　　本：2022年1月第1版　2022年1月第1次印刷
开　　本：880毫米×1230毫米　1/16
印　　张：16.25个
字　　数：180千字
书　　号：ISBN 978-7-5199-1192-8
定　　价：58.00元

版权所有　侵权必究
凡购买本社图书，如有印制质量问题，我社负责调换。

目录

CONTENTS

上篇 信仰天堂

003 — “初食”奶和蜜

011 — 约旦的罗马遗风

018 — 沙漠里的“红玫瑰”

029 — 登月之旅

036 — 我在以色列度过大年三十

044 — 以色列文化一瞥

051 — 巴勒斯坦一日行

060 — 掀开圣城的面纱

070 — 耶路撒冷的悲情一日

079 — 文化与信仰的力量

086 — 犹太民族给世界的启示

中篇

巴尔干半岛

101 — 贝尔格莱德速览

111 — 塞尔维亚的世外桃源

119 — 奔向《德里纳河上的桥》

128 — 你好，萨拉热窝！（上）

135 — 你好，萨拉热窝！（下）

144 — 探访诺贝尔文学奖得主的家乡

153 — 波黑之珠莫斯塔

160 — 铁托隆兴地之行

166 — 抗争·纪念

172 — 令人惊艳的新帕扎尔

180 — 世界上最美的修道院在哪里?

188 — 天鹅·餐厅和狗

195 — 战争与和平

下篇

行走在越南

205 — 初识越南

212 — 在越南过除夕

218 — 灯笼“作坊”与占婆遗址

224 — 探访越南的末代皇帝之城

229 — 我眼中的岘港

236 — 《天与地》的西贡

243 — 东西合璧的西贡

249 — 湄公河之行

上篇

信仰天堂

“初食”奶和蜜

2019 年 1 月 31 日

《圣经》上说，迦南被称作是神赐予的一块应许之地，是一块“流淌着奶和蜜”的地方。

那么迦南在哪儿？

它就在今日巴勒斯坦和以色列地区。对于这样的地方，我早已向往许久。

尽管北京到以色列有直达班机，但对于穷游的我，却喜欢领略尽可能多地区的风土人情。我选择了先飞往阿塞拜疆首都巴库，虽然只是转机，但还真是不虚此行。

我在机场停留了三个小时，在这个不大的空间里，我已经感受到了阿塞拜疆共和国的独特气质。这个国家在 7 世纪受阿拉伯帝国控制，16 到 18 世纪被波斯帝国统治，19 世纪 30 年代并入沙俄，1991 年彻底独立，成为阿塞拜疆共和国。如今的阿塞拜疆从宣传片上看十

↑ 巴库机场的祷告室

分美丽，这也不奇怪，毕竟它位于中亚，毗邻里海这个能源宝库，这不仅使它美丽，还十分富有，典型的“白富美”。

此外，从机场的两个“小角度”，让我发现了这个地方与以色列的一些相同之处：一是机场的设计既有现代感又颇具民族风格，这与以色列的气质很类似；二是此地的宗教气息十分浓厚。

我“偷偷”拍摄了祷告室的标识牌，毕竟这是在机场嘛，且相对于这个面积有限的机场，祷告室真的不算小。

更令我惊奇的是，抵达机场是凌晨五点左右，却发现已经有不少人，他们脱掉鞋子，进入祷告室，开始了当天的首次祷告。

从巴库到以色列，飞行约三小时，就在要抵达目的地特拉维夫时，空中的景色发生了很大变化：云层迅速变成了地中海，很快就看见了一片黄色的土地和建筑物，但过了一阵子才看见绿色的森林，才发现了城市的面貌。

还没等看到“奶和蜜”，飞机就着陆了，机上响起了掌声。我和游客们，终于抵达以色列的国门首站——本·古里安国际机场。

一出舱门，过了海关，我就直奔传送带，想找个推车。好不容易

看见两处长龙似的推车队伍，使劲推最外面的那个，咦，怎么有点蚍蜉撼树，车子纹丝不动。看了看旁边，有个机器，标着“需要用银行卡刷”！哈哈，我刚踏上这片土地，就感受到犹太人的经济头脑和技术服务。

来到大厅，我迅速寻找提款机，咦，怎么找遍了所有的机器，一台有银联标志的 ATM 机都没有！不能啊，我脑中迅速想起，以色列与我国建交是1992年，即便不是当年就与中国有很多经济贸易往来，此后也有密切的经贸交往。而且，以色列属于在中华人民共和国一成立，就宣布承认其合法地位的少数几个国家之一。不论历史还是当代，这种密切关系难道在 ATM 提款机上体现不出来吗？

好了，那就用美元换吧。买了公交卡后，我就推车前往火车站，这时有位同胞问我，哪里可以归还推车。我被问蒙了，原来刷完卡

教堂

后，如果五小时内还车，就是免费的，不然，你的银行卡里恐怕就要“出点血”了。我出机场后询问了下，原来旅客需要把车推到门外的几个固定放推车的地方，推到位后，一刷卡，就可以安心离开，再也不用担心钱被划走。其实，我觉得这个办法很不错，首先这些行李推车被整齐划一地摆放在了几个固定车位，无论机场内，还是外面。其次，机场外的推车也是被安排在固定地方，不像我们的机场那样，东一个，西一个，需要很多的工人从各处把车收集起来，这样既节省了人工，使环境整洁，还不会丢失，不愧是聪敏的犹太人。

坐上以色列的城际火车，终于可以放松心情了，可是没过十分钟，车里就广播要到某某站了，我还是没把握，问了一位也是拿着行李的女士，碰巧她是当地人，看了看我的地名，觉得也有点拿不准，不过最后我们还是决定在第一站就下。

从机场出来仅仅 12 分钟，就是两个城市了，这要是在北京，还没到东直门呢！而且火车在站台的停留时间非常短，各位以后再去，可要小心。

这也难怪，以色列的国土，东西向直行，只有 135 千米，开车一小时就出境了！

到了特拉维夫市，我走出火车站，就去找公交站，一路上看到了这座城市的“庐山真面目”。我有点意外，城市景观并不是那么高大上，有点我们县级市的样子。周围的建筑，尤其是民居，显得有些陈旧，但私家车不少。

上了公交车，虽然人不多，但司机和乘客都不会英文，下车时我问旁边乘客，需不需要再刷卡，竟没人理我，有个老先生的拐杖放在

雅法古城的浪漫邂逅

车门中间也不挪动一下。这第一印象和我原来的期望真有点落差啊！

我放下行李，抓紧时间，先去一家正宗犹太人餐馆，然后直奔雅法老城。老城在特拉维夫的南边，紧邻地中海，别看都是黄色的石头建筑，但厚重的历史感很快呈现在眼前，毕竟这里经历了4000年的岁月洗礼。而且古时，耶路撒冷犹太圣殿的木材也是从这里运走的，这里其实是个小山丘，老城里现在绝大多数是艺术家居所、工作室和艺术品店。

沿着这错落有致、精致绝美的小巷游览，脑海里很容易就浮现出了三四千年前雅法人的生活场景：可能那时的人们更悠闲，人丁也比现在兴旺，生活的气息自是浓郁，也许还会发现有不少烟囱冒出缕缕炊烟呢。

老城靠着海边的是雅法古港，现在停泊着的不再是圣城建设运输原材料的轮船，而是私人游艇，当然还有给城市提供海鲜的渔船，但它们只会在每日清晨出现。

快离开老城时，我偶然看见了一个也门艺术博物馆的标志，于是步入其中。

这里与其说是博物馆，不如说是手工作坊，里面的人在制作手工艺品。一位女士很热情地为我放了一段六分钟的中文电视短片。原来，这座博物馆成立于1984年，老板是个富有传奇色彩的人物，名叫本·锡安大卫，他是也门一项濒临失传的银质掐丝艺术的第八代传人。其实，他开始学的是电气工程专业，但也许是出于对手工艺的热爱，抑或是有这方面的遗传基因，他将业余爱好变成了职业投入。

说起来，这里还有段关于犹太人的历史。也门犹太人也是十二支犹太部落中犹大部落的后裔，他们在第一圣殿毁坏之后来到也门。在也门时，他们被划为享有较少公民权利的臣民。1948年以色列建国时，也门的骚乱严重，以色列政府加紧运作，将仍滞留在也门的犹太人安全带回以色列，大约有3.5万犹太人从也门返回故里。在这些人群中，最受人尊敬的工匠就是珠宝首饰加工者。而锡安大卫家族，把

雅法的“时光穿梭机”　专注工作的银匠

制作艺术品的工具都带了回来，却舍弃了大量其他东西。

离开博物馆时，我的思绪从古老的城市，以及犹太人的命运上，转到现代特拉维夫的喧闹中。

我决定回到预订的亚伯拉罕青年旅社，正式办理入住手续，并体验下以色列青年旅社的独特魅力。

我来到旅社的一层酒吧。这里虽被称为“酒吧”，但实际就是可以吃点简餐，喝饮料和酒类的休息空间。我要了杯饮料，坐下来仔细观察这个大家庭里的成员。

房间里大人小孩都有，有的孩子在玩桌上足球，有的孩子坐在吊椅里打电话，更多的年轻人要么坐在沙发里看书，手边放杯啤酒或饮料，要么就是闭目养神。整个巨大的空间，各式坐具和装饰都有，但看得出来，都非常艺术和环保。有个桌子甚至就是子弹箱往那一放。在大厅里，除了轻轻打电话的声音，大家在都保持安静。

坐在那里，我一直在考虑一个问题，西方人不是很注重隐私么？为什么他们不待在房间里看书，偏要到混杂着各色人等的地方呢？难道是来交朋友的吗？但大家似乎并没有什么交流。除了有个别人在阳台交谈，绝大多数不都是在看书、刷手机吗？

这还真是一个有意思的现象，读者不妨也琢磨一下。

犹太人的传统饮食

约旦的罗马遗风

2019 年 2 月 1 日

今天是周五。傍晚，犹太人安息日将开始，公共交通将陷于严重的拥堵。

早上六点，窗外还是一片漆黑。我们这个临时组成的旅行小组共 9 人，来自不同的国家和地区，却朝着共同的目的地——约旦王国出发了。

司机兼导游一路上给我们做了简单介绍，看到景致不错的地方，还会停车，让我们拍照或喝咖啡休息。

尽管来之前，我已经大致了解以色列的基本地理和气候情况，但沿着第六号高速公路，一路向北前进时，这片地理位置特殊的土地，还是带给我出乎意料的感官“刺激”。原来，以色列还有比中国江南更绿的田野，比东北更平坦的“广袤大地”，这大概就是“流着奶和蜜”的由来吧！

空气中弥漫着“奶和蜜”的清香

约旦餐馆的做饼大厨

两个多小时后，我们抵达了以色列和约旦的北部边界入口。在经过了海关的简单手续后，车子通过了两国界线。司机很有幽默感，他嘴里数着“一、二、三！”一眨眼就到了另一个国家境内。紧接着，车子通过著名的约旦河，也许是因为没有任何思想准备，当我看到真正的约旦河比我想象的要窄得多时，不免觉得有点失落。

约旦河富有深厚的历史和人文含义，它也经常出现在很多宗教典籍和文学作品中。约旦河源于叙利亚境内的赫尔蒙山，向南流经以色列，通过约旦境内后注入死海，全长360多千米，它是世界上海拔最低的河流。约旦河因为植被繁茂，常被认为滋润了一片肥沃的平原，也有着“耶稣的花园”美称。

无论古代还是现代，约旦河都是洗礼的宝地。据说，耶稣在世期间，曾数次渡过约旦河，众信徒也渡过约旦河来听他讲道等。但也许就像所有故事和传说一样，身临其境时，眼前的场景可能都与脑海中的印象不完全吻合，这也为这片土地增加了特殊的吸引力。

有意思的是，经过以色列的海关后，我们到了中间地带，需要等另一拨来自耶路撒冷的10位游客到达后，再次通过约旦海关。这么一折腾，时间就被磨掉了一大把，走出约旦海关，几乎就到了中午时分了。车子朝着杰拉什的方向飞奔，顺路到附近一家餐馆用午餐。

这家餐馆不知为何，有着很厚重的沧桑感。首先是它的外观，颇有几分古典风范，如果不说，也许还以为是座博物馆。还没进去，大家倒是被门口一位大厨的技艺吸引，纷纷凑到前面，举起各类相机和手机，一通的狂轰滥炸。厨师倒是相当自信，丝毫没被游客的架势吓到，只见他手指翻飞，前后上下，几十秒钟一小团面就成了一张薄薄的白“手帕”。生薄饼在他手掌里旋转着就进了烤炉，不一会儿，饼就烤好了。厨师大方地撕下一小块一小块的，递给来客品尝，那味道，真是好极了！

当然，物质食粮只是后面视觉盛宴的一道开胃菜，“大餐”则是具有两千多年历史的罗马文化、世界文化遗产的诞生地——杰拉什古城。

杰拉什古城位于约旦首都安曼以北40千米，距约旦河河谷约32千米，是约旦境内保存得最完好的古罗马城市之一。据导游介绍，古罗马在世界上有10处类似的建筑，其中约旦就占了6个，而杰拉什无疑是最杰出的。

说起杰拉什，还有一段曲折委婉的故事。

公元前1600年，杰拉什这片土地上就开始有人类居住，并且逐渐繁衍和繁荣起来。后来，古希腊文明也曾在杰拉什登岸，却最终在历史长河里消失。

公元前 64 年，罗马军队占领叙利亚，其南部城镇就包括杰拉什，杰拉什的建筑也因此慢慢拥有了罗马风范。也许是罗马风格过于“强硬”，又或许罗马的建筑风格实在太优美，尽管杰拉什经历了拜占庭帝国、阿拉伯王朝和阿巴斯王朝的依次更迭，古城的建筑风格和数量也曾得到扩展，但罗马特点的建筑风格，却基本未变。

杰拉什其实最早是马其顿帝国亚历山大大帝远征时安顿老兵的地方，随着古罗马帝国的雄起，杰拉什也成为它向外扩张的战略要塞，罗马人也开始精心打造这座城市。最顶峰时期，杰拉什是罗马远东地区最大的行省、中东四大名城之一。古罗马图拉真皇帝曾费尽心思，修建罗马大道；哈德良皇帝还亲临视察古城，并特意在杰

杰拉什古城广场

拉什过冬。

但这世界上的事情就是跌宕起伏。

公元 9 世纪后，杰拉什因为公元 749 年的地震，以及其他一些原因，最终几乎销声匿迹。如果不是 1806 年，德国旅行家欧里赫在这里的偶然发现，若不是 1920 年后，考古队对杰拉什慎重的考古发掘，恐怕杰拉什今天还躺在厚厚的沙土里。

杰拉什古城的主干道

主干道旁边的装饰建筑

离开古城，我们来到在约旦的住地，贝都因人（当地游牧民族）帐篷营地，眼前的情景似乎又让人回到两千年前真实的生活环境，沙漠里、帐篷中，周围亮着灯光的山坡，一时让人分不清是现实，还是梦幻。

进到帐篷里，我还是被贝都因人的创意所震撼。没有暖气，没有桌子，床上倒是铺上了五层毯子。睡觉时，尽管身体还算温暖，但周遭冰冷的空气，让人觉得像躺进了冰箱。

夜里，只听大风在空中肆意游荡，不时发出轰鸣的吼声。

拂晓，一阵犬吠声，把我从梦中唤醒。

↓ 杰拉什古城剧场

杰拉什古城门　约旦的帐篷营地

此时，我想起了作家三毛在《撒哈拉的故事》中讲的一个故事：

有天荷西下班后，临时兴起，他叫上三毛，打算先在沙漠里游荡一会儿，然后回来做晚饭。没想到荷西不慎陷入沼泽，雪上加霜的是，三毛还遇到了歹徒。穿着裙装的三毛，不仅要救丈夫，还要与坏人周旋，更残酷的是，陷入泥沼中的荷西以及三毛，几乎被夜晚沙漠中的低温冻僵……

此刻的我，相信三毛的故事是真的了。那些怀疑三毛故事真实性的人，只需来沙漠过夜，就会改变主意。因为尽管我们住的地方其实还不算真正的沙漠，但夜晚的温度，只有4摄氏度！

沙漠里的“红玫瑰”

2019年2月2日

帐篷营地的清晨

也许是受三毛和荷西故事的激励，即使清晨气温依然不高，我还是一骨碌爬起来，想到外面看看贝都因人的帐篷到底长什么样！

昨晚的梦幻夜景，立刻被荒芜的沙漠景象所取代了。眼前除了山坡就是沙土，还有那黑白相间的简陋帐篷。

我迅速到公共洗漱室洗脸刷牙，大家见面后都在吐槽夜晚的寒冷。与此同时，冰冷的自来水不仅刺激了牙齿和面部，还催促着游客迅速进食，补充能量，而餐厅是唯一一处安装有两个取暖灯的公共空间。

好了，还是说说贝都因人吧。

贝都因人（Bedouins）是阿拉伯人的一支，属于闪含语系民族，也称贝督因人，他们主要以氏族部落为集体，在旷野沙漠里生活，喜欢逐水草而居。现在，他们主要分布在西亚和北非的沙漠和荒原一带。

不过在人种上，贝都因人属于欧罗巴人种里的地中海类型，使用当地的阿拉伯语方言。伊斯兰教兴起前，贝都因人是阿拉伯半岛部落氏族社会的主要力量，他们剽悍骁勇、个性顽强，他们信仰伊斯兰教，属于逊尼派，家庭生活奉行一夫多妻制，目前全世界约有1000多万贝都因人……

正听介绍到此，导游说，我们到了。

到哪了？到佩特拉了，也叫佩特拉古城。

我们赶紧下车，大家三三两两往前走。此时，道路两边的景致并不是太吸引人，但当我们走到古城的入口时，那粉红色的岩石，狭窄的通道，零星的雕刻，让我开始集中注意力了，甚至想起了一些好莱坞拍摄的西部或非洲大片的场景，感觉这里甚至还有点美国大峡谷的味道了。

虽然这是进入古城的唯一通道，但这样的通道，还是让我颇感意外。

这条通道长 1.2 千米，宽度一般只有几十米，最宽也不过百米左右，窄的地方甚至只有十几米。当时，虽然已近中午时分，但抬头看，见不到一丝太阳光照射进来。乍一看，道路两边像是光秃秃的岩石，垂直矗立，但如果你走近看，还会时不时地发现一些宝贝，比如一些植物雕刻，还有袖珍的祭坛等。

说到岩石，佩特拉正是因为坐拥大量岩石，也叫“石头城”，加上岩石看上去都呈浅红色，因此享有“玫瑰城”的美名。这里也是世界上最神秘的古城之一。

佩特拉不仅基本完整地保存了原始风貌，而且颇具传奇性。

古城最早于公元前 6 世纪开始创建，先后被古罗马、拜占庭、伊斯兰帝国统治过。公元 1 世纪，它成为纳巴泰王国的首都后，由于易守难攻的特殊地形，水源丰富，并处于东西方商贸通道上，佩特拉一度成为埃及、叙利亚与古希腊、古罗马商路上最重要的中转站之一。因此，过路费自然就是创收的主要来源了。此外，纳巴泰王国的炼铜业、农业和畜牧业也很发达，通过交易乳香、药材和香料，古城在公元前后一个世纪里，曾经十分繁盛。

不过，随着历史的演变，世界水运技术的发展，佩特拉也像其他地中海地区的国家或城邦一样，不断面临挑战，它的特殊地位也开始变化。

公元 106 年，佩特拉成为古罗马帝国的一部分，并一度成为古罗马东部省城的佼佼者，广场、公共浴室、高级剧场等一应俱全。

公元 3 世纪以后，由于贸易路线的改变，佩特拉的重要性大大削弱，特别是公元 363 年的大地震，摧毁了古城大部分建筑，地震加上商贸路线改变，古城最终被遗弃。到了 7 世纪中期，古城大部分荒废了，除了当地的贝都因人外，没有人还能想起这处曾经的宝地。

那么，这废弃的遗址怎么就又成了现代人趋之若鹜的旅游景点的呢？

说起来还真有点离奇。1812 年，一位年轻的瑞士探险家约翰·贝克哈特，化装成穆斯林，凭着一口流利的阿拉伯语、丰富的伊斯兰教知识，与当地的贝都因人一起，进入了这片被遗忘的城市。因为怕被发现，他只待了一天就离开了。但正是这位探险家的发现，使古城被世人所知。

其实，我们不难想象，当这位探险家看到曾经的辉煌之城时，心情会是如何兴奋。然而，他还不得不装得平心静气，泰然自若。可见探险家的心理素质，必须异常地冷静沉着，心理素质一定超乎常人！

其实，类似贝克哈特的，还有英国探险家斯坦因、法国探险家伯希和等，以及发生在中国西部及世界各地的故事。

与世界上其他地区的古城再世的经历类似，直至 1929 年，英国考古团队才开始挖掘佩特拉古城遗址。但即便如此，就在我站在此地的此刻，佩特拉也只挖掘了 15%，剩下的 85% 还掩埋在沙土石块下。

不过，令世人欣慰的是，1985 年，佩特拉古城被列入世界文化遗产名录，2007 年，还被评选为世界新七大奇迹。好莱坞导演斯皮尔伯格导演的《印第安纳琼斯：圣战奇兵》，以及迈克尔·贝执导的《变形金刚：复仇之战》，都曾在佩特拉古城取过外景。这不失为佩特拉的两个极为有效的广告吧！

其实，无论我如何描述，都难以形容古城的风貌，何况不能每处都给予图片展示，读者只能自己身临其境去体验和感受了。

不过有两处遗迹，值得延伸介绍一下，首先就是卡兹涅神庙。

神庙就在离开通道后一个拐弯的地方，如果说通道已经让游客心潮起伏的话，那么神庙这座高大的建筑物，定会让游客心神恍惚，不知是身在天堂，还是观看立体电影！

这座佩特拉最为宏伟的建筑，实际上是古代工匠们直接在玫瑰色岩石中凿刻出来的，神庙与砂岩浑然天成，气势恢宏。

神庙门口高大的廊柱即是古城的门神，昏暗的内廷实际上被凿入岩石内部，当地贝都因人也称它为“法老的宝藏”。

卡兹涅神庙外墙立面上，有一个依稀可见的希腊神话人物，即手持双口斧的阿玛宗女战士，拱顶中间是埃及大女神伊西斯，下面就是美杜莎的头颅。

据介绍，古代居民可以到此祭祀，事实上，卡兹涅神庙本身就是一个超大规模的陵墓和祭祀的殿堂。2000 年，考古学家曾在神庙底

古代教堂石刻

卡兹涅神庙

古城的皇家陵墓外观

下发掘出地宫，并考证出，这个神庙建筑是公元 1 世纪初，由国王亚力达四世下令修建的家族陵墓。

谈到亚力达，可以与读者分享下莎乐美的故事。

英国著名作家奥斯卡·王尔德曾写过一个戏剧作品，题目就叫《莎乐美》，而这个莎乐美就与亚力达四世有关。

亚力达四世国王有个女儿叫法撒伊利斯，她曾嫁给加利利封地小王希律·安提帕。安提帕有个同父异母的兄弟腓力。

后来，安提帕爱上了腓力的妻子希罗底，想娶她为妻，遂与法撒伊利斯离婚。

↑ 佩特拉古城普通人的墓地

↑ 皇家陵墓

但施洗者约翰坚决反对这门不伦的亲事，于是希罗底逼迫她的女儿莎乐美在安提帕的生日宴会上跳舞，从而迫使安提帕杀了约翰。因为，莎乐美答应安提帕在宴会上跳舞的前提，就是安提帕要承诺给她任何奖励，而莎乐美的条件，就是约翰的头颅。

不过，在王尔德的《莎乐美》剧情里，作家对此进行了改编。这是王尔德最后一个剧本，是他最成功的一个悲剧。剧中，安提帕的王国叫朱迪亚，莎乐美的母亲就是安提帕的续弦，也叫希罗底。

但在戏剧中，主要情节是希律王迷恋莎乐美的天生丽质，对她十分宠爱。

不过，莎乐美却爱上了施洗者乔卡南（原型即是约翰），乔卡南并不爱她，任性的莎乐美最后由爱转为恨，她以乔卡南的人头作为许诺，答应希律王让她献舞的请求。最后，希律王实现了诺言，砍下了施洗者的人头，莎乐美吻不到活着的乔卡南，却吻到了死去的乔卡南的头颅。但最终，她也被希律王下令砍死。

这两个故事都是来自《圣经》之《马太福音》和《马可福音》。

佩特拉还有一处值得介绍的建筑，就是修道院，是纳巴泰国王拉贝儿二世修建的，为了纪念先王欧巴达斯一世。

修道院宽 50 米，高 45 米，比神庙更宏大。纳巴泰时期，修道院

大神殿

是宗教集会和祭祀场所，拜占庭时期改为教堂。不过，现在这个院子已经面目全非了，成了不少电影的外景地，比如2009年拍摄《变形金刚 2》就在此取景。

除了这两个经典之地外，城中古代演出剧场也是非常令人赞叹的。如果到了现

古代的剧场　贝都因人的饮食

场，一定要站在最上端的座位上，鸟瞰整个古城，同时感受古时的“音响”效果！

在观赏了所有散落在古城中的遗迹后，包括剧场、陵墓、浴池、教堂、岩洞、大道等，我的一个比较形象的比喻就是，这整座古城就像我们明清时期最为精致的梅瓶！

不过，有一点值得提醒，到这个景点，可千万要穿合适的户外行走的鞋子。

还有就是选择好时间和路线，如果您足够幸运，就可以走遍所有景点，但千万别在每个地方久留，或驻足不前，即便您再有想象力和好奇心！

古代士兵装束
中间为导游

登月之旅

2019 年 2 月 3 日

亲爱的各位，今天想让我带您去哪？

去月球？

行，没问题！

我没有开玩笑，我是认真的。不过开始月球旅行之前，我们还是先聊聊导游。

在国内，游客大概都习惯了听导游背台词，我们常常会遇到这样的情况：在导游声情并茂、“知识渊博”地介绍完景点的背景故事和传说后，游客再想问点诸如“这里为什么叫这个名字？”“这是什么年代的地貌？”“哪位政治家或科学家什么时候来过？”“古代就有了吗？”等等，导游往往以无声作为回答。

我在约旦遇到的导游，以及在以色列、巴勒斯坦以及世界其他国家遇到的导游，大多年龄偏大，而且他们中的很多人以前并不是做导游的，他们的工作经历很丰富，有些人还兼有多项工作。还有一点就是，导游以男性居多。我必须说明，这里不存在性别“歧视”，而是导游大多要离开家里许久，自然不能兼顾孩子教育和各种家务，这恐怕也是行业特色。

言归正传，我在约旦的三天旅行里，感受最大的就是导游的渊博知识。记得第一天刚和我们见面，导游就说：“你们可以问任何问题！”看来他说的是实话，因为不论是在车上还是景点，导游（蒙迪）都非常敬业和专业，他能告诉我们许多知识，关于约旦的政治、经济、地理、人文，包括小道消息和正式消息。也许是因为他的绅士风度和温和性格，大家也都在他每次介绍完后的“Any question?”（还有问题吗？）标准问句后，抛出大量的问题，诸如约旦第纳尔与美元的货币兑换率为何如此之高？约旦人均收入多少？约旦的妇女能离婚吗？这里的岩石为什么是红色的？这里以前是海洋吗？为什么成了陆地等等，话题无所不及，蒙迪从来都是有问必答。他的英文和博学都很让我们佩服，当然更为难能可贵的是，来自不同国家和地区的游客，也都在蒙迪介绍时，静静地听，在他问问题时踊跃响应，

↖ 火红的岩石 ↑ 鬼斧神工

气氛非常活跃……

说几个小数据和故事，可能是您没有想到的：一是约旦的货币第纳尔对美元是 1 ∶ 1.5，我问蒙迪汇率为何如此高，他回答原因之一是国家稳定，这还是从 1 ∶ 3 降下来的；二是约旦的人均月收入为 700 美元，但我发现当地的东西相当贵；三是约旦男女在街上可以牵手，但同性不可以；四是约旦的治安相当地好，小偷被抓到会被砍手；五是约旦没有石油是西方国家下的定论，但老百姓认为他们国家有，只是国家或国王不愿意承认或寻找石油资源。

好了，现在我们可以去月球了，准备好了吗？

我们要去的月球，实际名字叫瓦迪拉姆，俗称“月亮谷”，它是地球上最接近月亮风貌的地方。这里是真正的沙漠，几乎看不见植被，这里也是约旦的自然保护区，生活在沙漠里的，只有贝都因人，因而月亮谷也被联合国教科文组织（UNESCO）列入世界遗产目录，而且获得自然和文化双料桂冠。

蒙迪导游带领我们一行来到了“月球”的入口，我们被分成三组，分乘三辆越野车。有意思的是，西方来的游客很能认车，都迅速抢占了两辆好点的车，剩下的六个中国人只好坐在了条件较差点的车上。不过，蒙迪倒是很愿意与我们同甘共苦。

车子迅速开进了“月球王国”的主道，这里其实是一条两千米宽，长 130 千米的长条状陆地。但是一进到保护区，真的像是到了月亮上，只不过这里的颜色比月球好看多了，沙子和岩石都是红色的，难怪美国好莱坞科幻冒险片《火星救援》曾在这里拍摄外景，《阿拉伯的劳伦斯》主要外景地也是月亮谷。

这里虽然都是沙漠，但我们的越野车都开得相当地快，运动时，拍摄还相当考验技术。当然重要的景点，车子都会停下，蒙迪还会给我们讲解。比如刚进沙漠不久的七大奇迹山峰，像是七根手指并列；再往里点就是一个沙山，我们都使劲往上攀爬，不过在沙子里爬山，还真不是件容易的事情，走两步好像退半步。

蒙迪也陪我们上去了，还介绍了这里的地质情况。其实整个沙漠，以前都深埋海底，也许这就是气候变化的原因吧，

独特的山形

↑ 石壁上的雕像 ↗ 岩画

当然这也许是自然的气候变化。有没有人为造成的全球气候变暖呢？这个有待考证了！

给大家介绍一处岩画吧，但可能不是很清晰，上面有骆驼，有马，还有骑在骆驼上举着标枪的人，这可是距今 5000 多年的新石器时代啊。其实，在月亮谷，大多数的东西都具有一万多年历史了。

看完岩画，蒙迪问，谁愿意骑骆驼，我选择尝试“月球上的驼旅”。

这儿的骆驼相当地瘦高，坐上去，像是骑在了驴子上，后面的木头棍很是硌人，不过骆驼还是相当温顺，但当它从地上一跃而起时，还是让我惊吓了片刻，毕竟它太高了。坐在骆驼上，再看月亮谷，我感觉自己的视角一下子发生了变化，仿佛离蓝天更近，离遍地黄沙更远了。

看着前面引路的贝都因人，我忽然想起了昨天在佩特拉时，也是一位贝都因当地人，带我们爬上神殿对面的山顶，我坐在慢悠悠的骆驼背上，开始把贝都因人的特点迅速做了一番思考。

↑ 酷似月亮表面

贝都因人看上去与其他的阿拉伯人不同，特征明显，眼睛深陷，鼻梁很高，眼球似乎是黑色的，最有特点的是眼睫毛，长长的，黑黑的，脸部一般比较瘦。

大部分情况下都穿着长袍，来去一阵风似的，但昨天带我们上山的贝都因人，也许是因为要爬山，穿的是牛仔裤，竟然还穿了双皮鞋，但这丝毫不影响他高超的登山和拉拽游客的本领。好几处陡坡，我们都几乎要用手爬行，或坐地向下滑行，可贝都因小伙却站在沙土坡上，使劲拉我们，就像他的皮鞋被胶水粘上了一样。到了山顶，他还热情地为大家拍照，这时我发现，他又站在了悬崖边，还告诉我们不要害怕，没事。

↓ 前行中的驼队

后来坐下来休息，我随便和他聊了几句。他说他们这里主要是靠收取带路的小费和卖东西为生，公园的门票他们是享受不到的。但有个问题，我以为比较严重，就是这里的孩子都不上学。也是，沙漠里和景点，哪有什么学校啊，同时，贝都因人是不愿意受管制的，他们也不承认什么法律，他们有自己的家规和习俗，一般都是以家庭为主，由氏族进行管理，再大点就是部落和部落联盟了。

这也是有利有弊吧，虽然他们可以自由自在地到处游历，但他们的后代有可能因此得不到良好的教育。其实，他们的生活还是不富裕的，然而，既然选择了这一生活方式，就有他们乐在其中的道理吧!

想着，想着，牧驼人告知我们，到终点了。

这位贝都因人很热情，他给我们每个人都照了相。有意思的是，我发现这位贝都因人还很幽默，善于给自己找台阶，当他发现自己拿倒了相机时，故意用一块小石头做出要敲击快门的动作，然后他拿正了相机，不过我的小心脏可是紧缩了一下，那可是我刚买的相机啊!

贝都因人烧水的铜壶

我在以色列度过大年三十

2019年2月2日晚+2月3日

昨天，结束了约旦沙漠梦幻之旅后，天刚黑，我们的车子就往约旦与以色列靠近死海的边界海关进发。

各位都知道，死海是咸的，盐分大到人可以漂浮。但其实对于整个死海地区，最大的特点还是它的气压的与众不同，因为死海低于海平面400米。这个对于没来过的人，可能就是个数字概念，但一旦身临其境，立刻就有了质的不同。

当导游说，我们马上进入死海地区了，我开始注意道路两旁的海拔数字，当显示负100米时，耳朵开始有压力感，到达负300米时已经很明显，不仅耳朵难受，整个身体好像也处于浓密的空气罐里。到了最低点时，耳朵轰鸣，和飞机降落时的感受一模一样，还是那种降落技术不好，或天气状况不佳时的感受。不夸张地说，像是到了另外一个世界，真有点靠近“死亡”的感觉，难怪起名“死”海。再看看手中的水瓶，完全变了形状，整个瓶子成了一幅婀娜多姿的少女雕塑。

但是事物的确都是一分为二的，尽管大家耳朵嗡嗡响，身体略有不适，但看着车窗外的晚霞，也别有一番滋味。那晚霞，是我在其他任何地方都未见过的，不仅颜色特别红，而且面积巨大，大片的天空都是红的，像是远处燃起了烈焰，持续时间也比较长。

长途的沙漠颠簸后，终于回到了以色列的特拉维夫，这次我换到古城雅法旁边的一家民宿，因为天色已晚，再加上特拉维夫的街道弯弯曲曲（整个以色列其实都是），一直走到了门口仔细辨认，才发现这将是我“下榻”的家。

从门外看，就像是回到了20世纪30年代的上海，门口藤蔓缠绕，灯光昏暗，按了门铃，进到门厅，发现这家旅店很袖珍。我自己拎着行李，通过窄窄的楼梯，好不容易上到三楼前台。狭窄楼梯两边都是家庭照片或小装饰，颇有点怀旧的气氛。不管怎么说，比起沙漠，我又身处现代都市，虽然我脑海中还不时浮现罗马古城和玫瑰城熙熙攘攘的繁华盛世，还有那刀光剑影、金戈铁马的古代沙场……

好了，今天我带各位去看看以色列北部港口的两个城市，海法和阿卡。

海法是以色列最大的港口城市，其重要性在全国城市中排名第三。城市方圆60平方千米，人口也只有30来万，是一个风景优美，具有典型地中海气候的小城。但海法的历史与以其他以色列城市一样，都经历了域外历代王朝的入侵。这里有20世纪初兴建的从大马士革到麦地那（Medinal）的铁路，还有英国管治期间修建的海军基地和石油工业基础。这使海法不仅是一个旅游城市，更是以色列的贸易和石油重镇。

我要带您去看的，是一个与工业和港口无关的地方，事实上它是一个年轻宗教的圣地——巴哈伊城市花园。

巴哈伊花园与巴哈伊教息息相关。巴哈伊教简称巴哈伊，曾经也叫大同教，是由巴哈欧拉于19世纪中叶在伊朗创立的，巴哈伊教义的三个核心原则简单概括即是：上帝唯一，宗教同源，人类一家。巴哈伊教在世界各大宗教中最年轻，但在新兴宗教里发展得最快。目前，巴哈伊分布于全世界235个国家和地区，涉及2100多个种族和部落。

我们要去看的是海法巴哈伊城市花园，与古代巴比伦空中花园也许只是地名的差异，它是来以色列游玩的人最为向往的景点之一。

我按照网上给出的参观时间，准时到达了集合处。景点志愿者带领我们从花园中间处，慢慢开始拾级上山。一边走，一边听导游介绍巴哈伊的概况。

这项工程是由巴哈伊教的先知巴哈欧拉于1891年开始修建的。最初只是选择此地，作为巴哈伊教创始人巴孛的陵墓，在经历了100多年的风风雨雨之后，2001年向世人开放，如今它已成为以色列的旅游胜地。

据介绍，建造巴哈伊花园总共花费了2.5亿美元，每年光维护费就需400万美元。不过，当我们站在花园最高处，俯瞰前面的地中海时，不得不赞叹以色列人，或者说是巴哈伊教的创始先驱们的英明决

鸟瞰空中花园

策，他们独到的眼光，还有锲而不舍的奋斗精神。因为，从今天的规模和景致来看，堪称人类伟大创举，要不，人们怎会把这里叫作当代巴比伦城市空中花园呢！同时，它也获得了世界文化遗产的荣誉，确是实至名归。

巴哈伊花园背靠有着“上帝之山”称号的卡梅尔山，对面就是美丽的地中海，湛蓝的海水，还有繁忙的港口，使得这里成为连接海水与蓝天的纽带。

↑ 巴哈伊城市花园喷泉 ↗ 古城堡

当从顶上一级一级往下走，我们被这个工程的宏大，设计的巧妙，还有那些叫不上名的植物和花卉所震撼！我问了下导游，得知这个区域仅花卉就有约 445 种，树木有 50 多种，而且那些花卉是随着季节而更换的。

更难能可贵的是，尽管以色列是一个缺水的国家，但巴哈伊花园共 19 级平台式阶梯，每隔一个平台就有一处喷泉，喷泉的流水都与世界上任何国家的不同，水流非常密集快速，形成了一道厚厚的水帘，而且这些水绝大部分来自海水，有 80% 是经过海水淡化处理的。这样的水循环系统，对于垂直高度有 225 米，最大坡度达 63 度的山坡来说，特别是缺水的城市而言，实在是难以想象的。

当然，对于游客来说，更为好奇的还是什么人住在这里？都是什么人来进行日常运营和维护工作？

答案让我们有些意外，由于巴哈伊教没有神职人员和地方教堂，各地包括巴哈伊城市花园，也只是一个宗教场所，除了巴孛陵寝是个

标准的教堂外，其他都是与自然合为一体的植物园和景观。有意思的是，海法这个花园平时的维护和运营都是一个由全世界选举出来的管理委员会负责，这个委员会有 9 名成员，从世界各地的巴哈伊教信奉者中选出。

依依不舍地离开城市空中花园，我搭乘城际大巴，奔向更为古老的城市阿卡。

阿卡也是个港口城市，比海法历史更为悠久，据文献记载已经有 5000 多年的历史，自腓尼基时代（约 3000 年前）起，就一直有人类居住在这里。历史上，阿卡曾受埃及人、罗马人、波斯人和阿拉伯人统治。古代时，阿卡是从地中海海岸通往西亚内陆的重要港口，但后来逐步被海法港取代，港湾也淤塞而变成渔港。

不过，阿卡古城内仍然十分完好地保存了 1000 年前宗教战争时的古城垣、城堡、客栈等，阿卡古城曾经是宗教战争时所建立的耶路撒冷王国的首都和最后据点，公元 1291 年，阿卡被马穆鲁克王朝攻占。

阿卡古城虽然远离特拉维夫以及耶路撒冷等大城市，相对也比

阿卡海景

较偏僻些，但整个城市给人的感觉非常安宁，城市道路和基础设施都非常不错，最让我感受深刻的是，古城里的主要展馆以现代化的布展方式，利用灯光、影像、文字等，最真实地展现了公元前2000年到公元前1000年的情景，特别是宗教战争的历史背景，其中包括拿破仑曾经在此走麦城的经历。

不过，沿着古城附近的老城区看了看，发现这里的居民住房条件和整个街道卫生等，相比主城区以及城市中心区而言，似乎有些差距。这也许就是世界普遍存在的老城保护与居民生活便利之间的矛盾：想要保持古城或老城原状，居民的生活必定是不便的，或者说是不能随心所欲的；如果把所有居民迁走，那也是不可能的，不光资金难以满足，即便出得起钱，老城失去了生气，也就不像一个城市了。

好了，我还是先想想我的当下生活吧，从阿卡古城回到特拉维夫市里，本来在地图上查到附近有一家中餐馆，到了地方却怎么也找不到，问了几个当地人，有人说转弯就是，有人说不知道。实在无奈，我还是放弃吃中餐的念头，凑合着再吃比萨吧，这似乎也是到以色列

↙ 古城中的影像展示 ↓ 介绍十字军的大厅 ↘ 隧道

充满古韵的餐厅

后，最为合适的食品，无论从口感、可选择余地，还是经济性方面考虑，都是上佳选择。

大年三十，我就这样过完了！

希望今晚的梦里没有战争，只有空中花园和地中海贸易！

民居

以色列文化一瞥

2019年2月4日

今天是国内的大年初一！

我没打算起大早，去郊区或其他临市，而是选择在特拉维夫城里逛游，品味一下以色列的文化气息。

正好我住地的旁边，就有一家跳蚤市场。每天早晨，许多摊位就已严阵以待，市民们有的空手来寻找自己需要的商品，有的则手里拿着自家的东西，准备也凑个热闹。

看了看地摊，电器、衣服、电脑、装饰品、家具、书籍和锅碗瓢盆等，一应俱全。我一直觉得，这种旧物重复利用的习惯或做法很好，既可以物尽其用，互换所需，同时还很低碳环保，可谓一举多得。特别是对于孩子来说，是一种很好的教育方式，能让他们从小懂得珍惜物品和金钱。

我离开了跳蚤市场，前往今天的主要参观对象之一——拉宾

国王广场的雕塑

广场。

坐在公交车里，我想象着拉宾这位受以色列人民爱戴的总理兼国防部长，以他命名的广场，一定十分恢宏和气派。下了车，我使劲寻找周围是否有巨大的空旷之地，却只见一个不大的水池边，有那么一处空地，空地上只有一座生锈的铁质雕塑。紧走几步，看见有人坐着晒太阳，还有一群学生正听老师讲解。没错，就是这儿了。但这样纪念伟大人物的广场，还是让我的好奇之心，突然有了巨大的重力下坠的感觉。

走到那个倒金字塔形的雕塑旁，我才看清，原来这是一座为了纪念大屠杀及幸存者而矗立的纪念碑。这唯一的“庞然大物”实际上还是与拉宾无关，但碑旁的解说非常有深意，设计者是想用这样一个倒立的塔形雕塑说明：这是一个笼子，而且底部很小，被监禁的人不仅可以通过监狱栅栏看见外面，而且向上看，是一个敞开的空间，通过那宽广的开口，囚徒们可以看见太阳、蓝天和光明……

这个广场最开始叫国王广场，只是因为拉宾于 1995 年 11 月 4 日在此进行和平演说，就快离开广场时，被人群中的极右分子刺杀，为

了纪念已故总理，人们才把它改为拉宾广场。

往前走几十米，在市政大楼一侧的地面，才看见几块灰黑色的石头围起来的地方，旁边写着“拉宾遇刺的时间”等字样。这块几平方米的地方，就是拉宾遇害这一重要事件的纪念地了。这不得不让我有些许感慨和意外，或许以色列人认为这样才是拉宾总理喜欢的方式！

在很长一段时间里，特拉维夫都是以色列的首都，也是重要的港口城市，大批从世界各地回到家乡的犹太人，都是从特拉维夫登陆的。那时的特拉维夫，可以想象是多么地拥挤和繁杂，特别是以色列建国后，海外犹太人大量回归。这样大量的移民涌进以色列，特别是特拉维夫，首先遇到的问题就是住房。此外，这些人大多是习惯了欧洲生活的人。

处于市中心的白城，就是一个很能说明移民回归的地标性建筑群。

白城当然与白色有关，是特拉维夫市一片包豪斯建筑群的昵称。这些

⬅ 拉宾遇刺纪念地

楼宇外墙都是白色的，它们的转角处都是圆弧形的，而且多是落地窗居中，整体来说属于极简风格，也是包豪斯建筑的典型范式。

以色列建国后，面对如此多的移民，加上当时德国包豪斯风格建筑在世界流行，这些移民仍然希望住上较为现代的住房。因此，移民中学建筑的学生们来到以色列后，仍然不愿落后于他们曾经的住在国，而将包豪斯建筑“嫁接”到了特拉维夫。

这批建筑虽大小不一，形态有别，但基本风格都是一样的，而且楼层都不高，但阳台长而宽、窗户窄小。虽然这批建筑只有70多年的历史，却代表了一种特殊地域和时代的政治和建筑含义。

特别是当包豪斯建筑在全世界，甚至德国国内都逐渐消失的情况下，白城却有4000多栋，实属难得。21世纪初，它被列入世界文化遗产名录。

不知不觉中，我离开了包豪斯建筑群，坐车前往以色列另一位伟人的纪念地——本·古里安故居。

提到本·古里安，那更是如雷贯耳的一位政治家。是以色列第一任总理，也是任职时间最长的一位。他领导创建

包豪斯建筑群

以色列国，是现代以色列当之无愧的国父。

本·古里安1886年出生于波兰一个富裕的犹太人家庭，从小就耳濡目染《圣经》和希伯来语言，17岁加入犹太复国主义政党，并成为一名犹太复国主义者。20岁时，他来到巴勒斯坦地区（当时属奥斯曼土耳其帝国），24岁开始了自己的政治生涯，30多年里他一直都是犹太人的领袖，在许多国家从事政治运动。

本·古里安身上集中了犹太人坚忍、顽强、执着的特性，几十年如一日地为复兴犹太国家而坚持不懈地工作。长期的劳累，导致他身体状况非常糟糕，不到40岁就像个老头儿了，但这丝毫不影响他的人格魅力和超强的政治把握能力。他与总统威茨曼一起，成为以色列早期著名的领导人。

作为这样一位民族英雄，开国元帅，本·古里安的故居会是怎样的呢？

真是不看不知道，一看又让我大跌眼镜。

我眼前的这座房子，怎么也无法与开国领袖官邸相提并论，不仅外观看上去简陋矮小，进去以后更是让人倍感意外，也颇为感动。

↙ 官邸外墙　↓ 古里安生前的书房　↘ 古里安生前的卧室

这座房子基本保持了本·古里安逝世时的样子，狭小的房间，简单的装修，桌子椅子都是那么普通，甚至有几分寒酸。但最让我惊讶的还不是房子的朴素，而是主人房间里的宝贝——约2万本书籍，以及他与其他国家领导人的通信原件。

↑ 榨葡萄汁的地方

↑ 古时的面粉作坊

我仔细数了数，二楼有四间大小约30平方米的房间，里面全都是书籍，从地上到天花板。如果不知道的，还以为这是图书馆，此情此景，让我想起了以色列的特点之一，世界人均读书数量最高的国家。看来，这一习惯由来已久啊！且不分年龄和身份！

从本·古里安故居出来，我来到离市中心稍远的以色列哈勒兹博物馆。这是特拉维夫最大的历史文物博物馆，建在公元前12世纪的古迹上。这个馆从外面看很不起眼，但它的特色就是古朴自然，每个分馆无论造型，还是内部陈设，都各有不同。特别是一进大门，就看见了三四千年前的遗址，还有马赛克的装饰原件，也有个别的是从以色列其他城市迁移而来的。

室内的那些展品，也是分门别类地向观众展示了以色列从古到今的生活日用品和艺术精品，让人看了不胜唏嘘。

类似这样的博物馆，仅在特拉维夫就有好几个。难怪，以色列号称是世界人均拥有博物馆最多的国家。

博物馆里收藏的公元前五世纪的瓶子

巴勒斯坦一日行

2019 年 2 月 5 日

昨晚乘城际大巴，从特拉维夫抵达耶路撒冷。天已基本黑了，看不清城市轮廓，我也没打算溜达，先办理入住吧。

今天一早，天还蒙蒙亮，考虑到交通便利的因素，我随“一日游”团组，赶往巴勒斯坦。

不知大家对《圣经》的故事了解多少？其实，有关耶稣或《圣经》的许多故事的发生地，都在现今的巴勒斯坦地区。

我们首站就是耶稣受洗之地。

出发一个来小时后，车在一个三岔路口停下了。上来一个巴勒斯坦人，他自我介绍说，他是今天的导游。此时我们才恍然大悟，为何出发时没有导游。仔细再看旁边的标识，才意识到我们已经抵达巴以边界。这时，我的心不自觉地紧缩了一下。

导游上来后，用各种语言问候大家，不过我们都没听懂，他的语速太快了，且是巴式英语。不过，他人很幽默。慢慢地，我们也听习惯了。

车子又开了一会儿，到了一个检查站。我们在此等了不短时间，可能是因为时间太早，以色列士兵还没上岗。过了一会儿，车子突然就被放行了，好像也没查看护照。

没过几分钟，导游让我们下车，说受洗地就在前面不远处。

大家怀着崇敬的心情，或者好奇的心理，慢慢走近那个圣地。

其实所谓的受洗地，就是一条河，约旦河。这是一条有着许多传奇故事的、神圣的河流，就像印度的恒河一般。

此处也是一个考古遗址，别名伯大尼，它坐落于约旦河的东岸，离死海北部约 9 千米。

来受洗地参观主要是看两个部分，一个是以利亚（Elijah）山，另一个是圣约翰教堂。当年，耶稣就是在此接受约翰洗礼的。但现在的教堂好像并非当年的那个教堂，导游也没有说清楚。不过，我们的眼睛都一直盯着河里的那根绳子，那也是约旦和巴勒斯坦的国界。

好了，思绪拉回到当下吧。我们跋山涉水地来到此地，不仅是看这条小河、这根界绳，还有罗马和拜占庭时期遗留的教堂、礼拜堂、修道院和洞穴。不过有意思的是，直到 2015 年，这个圣地才成为约旦新增的世界文化遗产之一。

离开受洗地，车子又行进了一段时间，很快我们就到了巴勒斯坦著名的旅游城市杰里科。

到了杰里科，当地导游带领我们来到一座小山包上。他上来第一句话就是，“杰里科是世界上最早的首都”。

国境分界线

有多早呢？9800年前，杰里科就是都城了，而且这里一直以来都有人居住。在迦南语中，杰里科是“月亮”的意思，可见人们对它的崇拜之心，这点我们从考古遗址里一层一层的土壤和岩石中就能看出。

杰里科位于约旦河西面的河谷地带，低于海平面390米，是世界上“最低的城市”。我们在两三个小时内就从耶路撒冷790米的海拔，做了1000多米的“自由落体运动”。

除了海拔的落差，从时间概念上我们做了更深和快速的下降。

《圣经》上说，摩西在他80多岁时，带领以色列子民在荒凉的西奈沙漠行走了40年，最后来到了一片绿洲。这时摩西去世了，不过以色列人并没有停止前进，在为摩西举行了30天的哀悼仪式后，犹太人在约书亚的领导下，进入了上帝应许之地。这片应许之地上有不少部落，这些部落并不欢迎犹太人，犹太人征服的第一座城市就是

杰里科城的重要景点

耶利哥古城，也就是今天的杰里科。

从公元前 1250 年到公元前 1000 年，经过了 200 年左右的腥风血雨，征伐磨砺，整个迦南地区渐渐归于以色列部落统治。经过多次战争，犹太人最终定居下来，过上平静的田园生活，并希望与邻邦和平相处。

远的不说了，就说说近代史吧。1949 年杰里科归属约旦，1967 年阿以战争中，杰里科又被以色列占领，许多人逃到邻近国家。1994

年 5 月，杰里科获得解放。不过，就像导游说的，现在的杰里科不仅住着阿拉伯人，还有许多犹太人和穆斯林，他们和平共处。

目前杰里科市区只有 25 平方千米，人口 1.6 万，但由于它的历史地位，以及《圣经》故事的吸引力，特别是它独特的地理和地质情况，平均每天来杰里科参观的游人达到了 5000 人。同时，许多考古学者也把此地视为他们的研究对象，有的终生热衷于此。

从杰里科出发，我们继续旅行，目的地是拉马拉，途中经过了阿拉法特墓地。导游跟卫兵一番通融后，我们得以进入墓地内部。可以看出，巴勒斯坦人对他们的前任领袖十分尊敬，墓葬纪念地也相当肃穆

考古遗址

阿拉法特的墓地

↑ 巴勒斯坦难民营 ↗ 拉马拉市的街景

和庄重，两个士兵持枪守卫，有个意大利姑娘想与士兵合影，他们同意了。女孩十分高兴，其他人倒是很知趣，没有耽搁和影响士兵值勤。

进入拉马拉，眼前突然变得十分现代。如果不说，根本想象不出，这就是巴勒斯坦，那个与以色列处于敌对状态，在电视上经常看到冲突的地方。拉马拉不仅城市道路很好，各类私家车也穿行于大街小巷，拥挤程度丝毫不逊我们的北上广等地。

据说，拉马拉现在是全球房地产投资的热点城市，它不仅是巴勒斯坦的临时首都，还是中东地区很繁华的城市，2016 年底，人口已达到了 37 万。拉马拉的主要支柱产业是油橄榄与葡萄，除此之外，它还是耶路撒冷主要的住宅区和避暑胜地。

也许，导游是为了让我们见识下拉马拉的现代化，又或许是他为了政治宣传，总之一进城，导游就带领我们穿越城市大街小巷，每到一处，他都跟当地人打招呼，好像他认识所有的市民，颇有点市长的派头。

穿行了一段时间，我们来到一座菜市场，说是菜市场，其实好像不只卖菜，还能买到不少其他的东西，但以蔬菜和水果为主。导游看到当地特产，就停下来买上一些，开始我们不理解，后来发现他是为我们买的，因为他不时递给我们各种水果吃。至于卫生，哈哈，先放一边吧。它们看上去太新鲜、可爱了！还都是本地特产！

从菜市场出来，导游又领着我们这些“刘姥姥”进了糕点店，在与老板寒暄几句后，他开始让店小二拿这个、拿那个，装满了两盒子，我们又开始蚕食战利品。令我意外的是，糕点相当好吃，松软可口。

离开拉马拉，我们的终点站就是耶稣的诞生城市伯利恒。

到了伯利恒，当地导游成了我们的向导。这是一位长得高高大大的基督徒。

伯利恒是巴勒斯坦的中部城市，距离杰里科和耶路撒冷距离相等，伯利恒是个只有3万人口的小城，但它对于基督徒来说，就如同麦加对于穆斯林一般神圣。

伯利恒圣诞堂

↑ 耶稣诞生地 ↗ 圣诞堂内部

伯利恒最吸引人的，当然是耶稣降生地——圣诞教堂。它建于公元 4 世纪，公元 529 年曾毁于撒马利亚人的起义。在过去的 1000 多年里，重建后的圣诞教堂屡遭战火洗劫，但教堂周围也增添了几个小教堂和修道院。目前看，这个教堂无论风格还是装潢都十分壮观。

参观完圣诞教堂，我们去吃午饭。用餐期间，大家都对今天参观的景点位置，以及一会儿进关，一会儿出关；一会儿是巴勒斯坦，一会儿是以色列，一会儿又是约旦表示不解；为何在这里我们明明看见有关卡，却并没有停车？为何在巴勒斯坦，人们使用谢克尔，巴勒斯坦有自己的货币吗？巴以边界有冲突吗等等。对于这些问题，导游估计也是说不清的。

其实，尽管我们看到，在杰里科人们和谐共处，但在与导游的沟通中，以及与遇到的许多巴勒斯坦人，特别是年轻人的交流中，我还是能感受到他们对以色列的不满情绪，这在那些隔离墙的涂鸦上有明显的体现。

隔离墙外景

然而，就像我们在隔离墙的艺术区看见的那些美好画面一样，有一天，希望巴以隔离墙不再存在，两国人民不再仇视对方，人们可以自由穿梭来往，世界游客也不需再办理任何手续，不需要任何人带领，而真正地自——由——行！

隔离墙涂鸦

掀开圣城的面纱

2019年2月6日

到耶路撒冷已经30多个小时了，但圣城长什么样，我还一直没瞧见呢。

今天早上，我打算去老城中心逛逛。时间不紧，先去楼下餐厅吃个早餐吧。

这家酒店是我在特拉维夫那家青年旅社的连锁店，酒店餐厅不小，不过食物就那几样，实在比不上国内或其他酒店丰盛的早餐供应。我一边吃，一边环顾四周，发现客人年龄迥异，有白发苍苍的老者，有风华正茂的少年，还有活蹦乱跳的孩子。有的边吃边看书，有的吃完了伴着咖啡使用电脑。我对面一位老人边吃边用平板电脑浏览新闻。忽然，对面走来一位翩翩少年，他在我背面落座后，一群人唱起了生日歌。咦，这个生日聚会还别有特色啊！

吃完了，我发现大家都把自己的餐具盘，拿到洗碗池里自行清洗。

好的，我也 When in Rome as the Romans do（入乡随俗）。不过我

发现，大家洗得都挺认真的，洗完就将餐盘放在沥水的小栅栏里。

离开酒店，我迅速奔向目的地——圣殿山。

其实，耶路撒冷的城市面积不大，总共只有 126 平方千米，公共交通应该是对于我这个首次到访之人的最好交通工具。

以色列的公交很有特点，我刚到特拉维夫时，就已经办好了交通卡。这个卡全国通用，而且适用于所有公交车辆，火车、大巴包括城际大巴、地铁、市内公交等，可谓“一卡在手，通行不愁”。此外，还有一个特点，每次上车，不论路途多远，车费都是 5.9 谢克尔，如果你换车，只要行程在 1.5 个小时内，都不再扣费了。

我在圣殿山北侧的大马士革门附近下了车，快步来到期盼已久，在无数电影、电视中见过的圣地。

刚到城门下，就发现这扇大门太有历史感了。不仅外观高大，设计精美，而且一看就富有宗教色彩。

随便说两句城门的历史，这个城门最初修建于第二圣殿时期（约公元前 539 年），但今天的城门建于奥斯曼帝国统治时期的 1542 年。

从大门进来，就是阿拉伯集市，众多摊位还没开门营业，

圣殿山大马士革门

美轮美奂的壁画

有的正在准备开张。经过雨水的洗涤，老巷焕发出青春的气息，看着高高低低、曲曲弯弯的石板路，以及周遭古色古香的房子，我的眼睛和相机基本处于“赤字”状态。所幸现在是数码时代，要是在过去，那些胶卷不知要花我多少钱，还得背多沉的包！

一边走路，我脑海里不断闪现着不知哪个纪录片里看过的镜头，我很想知道，左右两边的房子现在都住些什么人？我走的这条路，大部分是罗马和拜占庭时期铺的路面，当年耶稣受难前，遍体鳞伤的他，曾戴着枷锁，背负着十字架，沿着这条路走向刑场。

关于这条苦路的故事很多，据说耶稣经历了 14 件事，这些事情墙上都有标志，只是恐怕只有宗教人士和专门从事研究的学者，才知晓故事的全貌。对于一般的基督徒来说，这是最虔诚的朝圣之旅。每周五下午，教会将举行苦路巡游，数以千计的人，一站站地祈祷唱经，并用多种语言诵读《圣经》有关章节。

从古巷出来，一拐弯，前面就是著名的哭墙（哭墙广场），也叫西墙。这是耶路撒冷旧城在古犹太国第二圣殿（公元前6世纪）护墙的一段，也是仅存的一点遗址。这段哭墙高约18米、长55米，犹太教教徒把这段遗迹看作他们的首要圣地。

据说教徒到这来，必须哀哭，以显示他们对古神庙的哀悼，期待它的恢复。不过，我站在哭墙时，并没有看见谁在哭，很多人只是前后摇晃身体背诵经文，有的则扶墙默诵，又抑或是做什么祷告吧。有意思的是，哭墙分男女不同的区域，中间是条泾渭分明的墙。

哭墙的上方就是圣殿山，通过旋转的通道，并经过严格的安检，才能抵达。这也是犹太教甚至其他教派非常神圣的地方，每天只能在上午7:30—10:00，对游客开放。

我们现在看到的圣殿山，已经是经历了3000年左右的风雨，其中的荣辱兴衰，又有几人能说清呢？但总的来说，公元前967年，

金顶寺

犹太人在此建立第一圣殿，公元前586年圣殿被摧毁；第二圣殿建于公元前515年，公元70年被摧毁。

圣殿山就像穆斯林的麦加，世界各地犹太人祷告时，必须面对这里。伊斯兰教创立初期，穆斯林也面向圣殿山祷告，后来才变成了麦加。根据以色列人的说法，圣殿是明圣示现所在之处，这里揭示了人与人之间，犹太人与非犹太人之间，上帝与人之间的密切联系。当年圣殿存在时，它是犹太人的宗教与精神中心。现在的哭墙，就成了犹太人最神圣、最重要的场所。

不过，这个南北长490米，东西宽280米，方圆仅十几公顷的地方，为何神圣或敏感，实则有着宗教和政治上的原因。圣殿山上保存着众多的宗教遗迹，是犹太教、基督教和伊斯兰教的圣地。政治上，巴以也一直对此地的主权存在争议，也是两国冲突的关键所在。

还没有看全圣殿山，游客参观的时限已到，我不得不移步到紧邻雅法门的大卫塔。

正好赶上了11点的免费讲解，一个看上去很像学者，甚至有几分像爱因斯坦的犹太人，出现在我们面前。这是位说一口美式英语的讲解员，一开场先询问了每个游客来自哪里，大致背景情况后，就带领我们按照历史的轨迹，开始了耶路撒冷1.5小时游。

所谓大卫塔，其实就是过去大卫的宫殿，也是耶路撒冷的一座历史博物馆。它建于公元前2世纪，当时是为了加强耶路撒冷老城的战略薄弱点，后来曾多次被毁和重建。它包含了许多重要的考古发现，历史可以追溯到2700多年前，包括以色列历代王朝的更迭，以及一些重大的事件和人物。

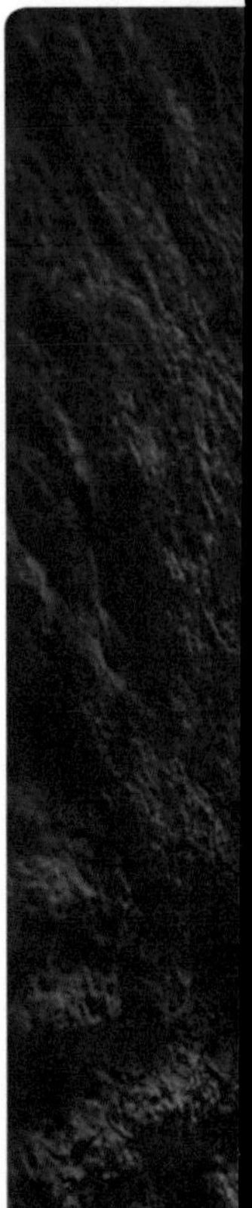

大卫塔见证了耶路撒冷的历史变迁，体现了这座城市在各个时期的特点。站在塔顶上，可以俯瞰耶路撒冷老城全貌，新旧建筑尽收眼底。讲解员如数家珍地给我们介绍道，这座建筑建于哪年，那座教堂是谁捐赠的，为何捐赠……

大卫塔博物馆与其说是古老的标本，不如说是现代的载体，因为在这里经常会举办关于现代艺术与文化主题的展览。特别是晚间的灯光秀，通过讲述大卫如何从一个男孩，成长为勇敢的战士、诗人和天才音乐家，直至成为以色列国王和一个足智多谋的领袖，来折射出以色列古老的历史，犹太人聪敏的智慧。通过大卫个人的成长经历，也讲述了耶路撒冷千年来的曲折故事。

从大卫塔的历史故事里走出，我立刻回到了现实社会中。为了全面了解圣殿山，包括地面和地下，我迅速回到西墙，加入 12:50 开始的西墙隧道游。

2007 年，以色列考古学家偶然发现了哭墙下的神秘隧道。隧道总长约为 1 千米，考古人员估计，隧道的起点可能是耶路撒冷南端的“西罗亚池”，一直向北延伸至圣殿山。

↑ 哭墙下的地下隧道

地下隧道尽头

为何会有地下隧道这项工程呢？其实，圣殿山早年要比现在的地面高出很多。穆斯林控制耶路撒冷后，为了方便信徒进入圣殿山礼拜，工程人员有意在圣殿山周围建造大量的新房屋和街道，这样相对就把地基抬高了，省去了穆斯林进入圣殿山需要爬的台阶。可以说哭墙就是露在外面的部分，而地下则是很深的地基，加起来西墙其实有480多米长。

导游带领我们来到地下“哭墙”部分，这里的世界相当令人震撼，特别是有块石头，令所有人瞠目。这块石头是希律王建圣殿山时，使用的最大一块石头，它长近14米，高4.5米，宽3.5米，重量估计在600吨左右。

此外，我们还可以看到支撑地上房屋的石拱。有意思的是，隧道里有一处小的犹太教会堂，主要是女性犹太人在里面祷告。导游特意告诉我们，千万别对着她们拍照。

从隧道出来，往南行走，就是耶路撒冷著名的基督教圣地——锡安山。

公元 30 年左右，耶稣在耶路撒冷被捕，遇难前，他曾经在锡安山驻足。这也形成了日后基督教徒按照当年耶稣受难到过的地方而筑成的“受难之路”。

锡安山有两三个非常重要的纪念地：一是大卫冢，但大卫冢并不是埋葬大卫的地方，大卫葬于大卫城。只是，当年十字军曾误以为锡安山就是《圣经》所说的大卫城。

二是马可楼，为何叫马可楼？原来，马可楼拉丁文的意思为饭堂，是耶稣与门徒享用最后晚餐的地方。耶稣复活后，在同一个楼房向门徒显现两次，众门徒领受了圣灵。15 世纪穆斯林占领了锡安山之后，将之改为清真寺，禁止基督徒和犹太人进入达 500 年之久。耶路撒冷虽为以色列管辖，但是圣弗朗西斯教派拥有一份 1335 年签署的地契，并禁止基督徒和犹太人进入。

三是圣母升天堂，这是德国人于 20 世纪建设的，据说这里是耶

圣母雕像

稣母亲升天的地方，教堂地下室，现在还摆放着一座圣母的雕塑。

从升天堂出来，天色渐晚，我迅速赶往大卫塔，一睹大卫塔的夜间灯光秀，也是以色列高科技的展示。

通过 40 多分钟的观赏，观众的确感受到了以色列人的智慧和艺术水准。以色列，或者犹太民族成长的这片土地，不仅老天爷眷顾它，让它流淌着奶和蜜；同时，勤劳勇敢智慧的犹太人，更是把他们的聪明才智，充分利用在建设家园上。

今天，处于 21 世纪的以色列，由于它的国体、政体以及文化传统和民族融合政策，也许过去的悲剧不会再轻易发生。但正如以色列国宝级作家，诺贝尔文学奖多年热门人选，阿摩司·奥兹在他的代表作小说《爱与黑暗的故事》里说的，“没有怜悯的正义不是正义，只是一个屠场；另一方面，没有正义的怜悯或许适用于耶稣，但是不适合吃恶苹果的普通人。”

大卫塔灯光秀

最后的晚餐就是在这个大厅举行的

以色列凭借它的高科技技术和优秀人才，已经在中东地区占据重要地位，甚至影响到世界其他地区。

在哭墙前驻足

耶路撒冷的悲情一日

2019年2月7日

今天是周五，因为日落之后就进入犹太人安息日了，到时全城公共交通将停摆，我决定先去个远点的地方，然后回到城里慢慢逛！

对于以色列或犹太人，最黑暗的篇章是大屠杀。对于大屠杀，我们看过无数的影视、文学作品以及学校的教科书。但到目前为止，我还没有亲眼看过与大屠杀有关的实物展。既然来到了犹太人的故土，展示大屠杀真实历史的博物馆，是必须去的！

我要参观的地方叫以色列犹太人大屠杀纪念馆，这是全球关于大屠杀最大的纪念馆。在前往目的地的路上，我脑海里不时浮现出奥斯维辛集中营、德国纳粹迫害犹太人的镜头，各类关于犹太人受到迫害的纪录片，《辛德勒的名单》《钢琴家》《布达佩斯之恋》《卡廷惨案》《美丽人生》等电影故事。

还没到纪念馆，我的心情就已经开始阴郁了，尽管今天的阳光特别明媚，驱散了耶路撒冷近几日的阴霾。

下了车，往前走了几步，就看见纪念馆专门为游客准备的上山小巴。其实，去山顶步行也就7分钟的路程，但东道主还是为来宾准备小巴车。我猜想，也许是东道主考虑到来此参观的游客，有的是经历过大屠杀的长者，遭受过身心创伤，还有些参观者体力不支，所以还是做了精心安排。

也许，纪念馆的创办目的就是希望大家都能去参观这个让人警醒和反思的地方，此馆对所有人都是免费开放的。总之，还没有开始参观，我就已经感受到了这个地方的不一般。

小巴车把我们几个客人拉到了山顶，下车后我们直奔信息中心。我用护照换来了中文解说耳机。

快步来到入口，看着那小小的进门，我不禁有点意外，这样一个全国性，还是世界最大规模的纪念大屠杀的场馆，怎么入口处如此“寒酸”。看介绍才知道，这个场馆是一位犹太建筑师设计的，之所以用三角形，是与大卫星的下半部吻合，也是为了纪念大屠杀导致全球半数犹太人死亡这一事实。

更让我没有想到的是，整个建筑体从外表看很小，露出地面的部分还不到一层楼高，但其实它的主体部分都在地下，而且建筑物内外都没有做任何装潢，就是纯粹的混凝土暴露于空气中。这样的建筑风格和朴素的装饰，我想更符合对逝去同胞的尊重和哀悼的气氛吧。其实，在以色列这几日，我发现很多的重要场所，规模都不大，设计都非常简约，这也许与以色列整个国土面积十分狭小有关，也与这个民族的苦难不无关系吧！

↑ 纪念堂肃穆而庄重 ↗ 儿童纪念馆

尽管外表看上去不大，但其实到了里面，整个展览设计相当紧凑高效，空间利用得很好，布局科学合理。一共有十间展厅，每个厅介绍的都是大屠杀历史的不同部分。

纪念馆里的展品相当多，图片、文字、实物、影像和声音等多媒体，把以色列的科技水平体现得淋漓尽致。那些幸存者的口述，见证者的讲述，还有大量本国、他国犹太人和国际组织及个人捐赠的实物，让人看了顿感心情沉重。许多展品来自波兰等地的集中营，我想，不用到波兰奥斯维辛，在这里就几乎完全感受到了在欧洲各地，特别是德国和波兰境内，犹太人遭受到的巨大苦难和悲痛。

不知不觉中，我在纪念馆里度过了 4 个多小时……

为什么会发生大屠杀这样的惨案，这个问题一直缠绕着犹太人，缠绕着历史学家，也让我常常想弄清楚它。

在回市中心的路上，我想起在纪念馆参观时，有一句介绍很符合我的猜测。犹太人有过用孩子血祭祀的传统。但其实在古代，这一传

保存着全部犹太人受害者的名字的大厅

统也被周边的民族“排斥”，圣殿山之所以被犹太人奉为圣地，就是因为传说，亚伯拉罕先祖在此领受天主圣意，打算祭献自己的儿子。因此，其他许多民族如阿拉伯人等，都认为这破坏了他们的宗教信仰，是亵渎神灵。但其实，许多的国家或民族，古时都有此类的传统，包括现代社会仍有部落依然保持这样的习俗。

那为何只有犹太人受到排挤？

记得英籍犹太历史学家马丁·吉尔伯特在《五千年犹太文明史》中也介绍，犹太人在德国生存繁衍达1600年，“一战”时，有1.2万犹太人战死沙场。但希特勒对此充耳不闻，仍非常鄙视犹太人，德国的学校教导学生说，“犹太人”是害虫，身上带有病菌，并鼓励成年人把犹太人赶出德国，以保持纯洁的、高尚的雅利安人血统。

事实上，不只是针对犹太人，希特勒时代的德国人普遍认为，除了雅利安人外，其他都是劣等民族，犹太人更是低等的人种，他们甚至用测量犹太人的头骨等所谓科学手段，证明犹太人的低等。

当然还有一种非常流行的说法是，希特勒有个非常优秀的犹太人

从橄榄山上看圣殿山弥补上午雨天的遗憾

同班同学，出于嫉妒，希特勒要对犹太人赶尽杀绝。当然这种说法无从考证。

但是犹太人在世界各国，的确是受了不少“不公正待遇”。

美国新闻记者拉莱·科林斯和法国记者多米尼克·拉皮埃尔在他们合写的纪实报告文学《为你，耶路撒冷》中，有过这样的叙述：离散的犹太人每到一个避难港湾都会遭受迫害。

此外，大多数国家禁止犹太人拥有土地，中世纪时很多具有宗教性质的手工业和商业行会等，均不对犹太人开放，并且禁止犹太人雇佣基督徒，基督徒也不能住在犹太人周边；13 世纪时，犹太人被强行带上区别性的徽章，英格兰和法国国王还将犹太人赶出国，犹太人甚至还要为黑死病“背锅”，并被指向基督徒的水井投毒等。

在西班牙，似乎犹太人还算幸运，但到了 1492 年，犹太人还是被驱逐出境。

在犹太人大屠杀纪念馆里，有大量的篇幅介绍道，在欧洲许多地方，犹太人被限制在了一些狭小的、肮脏的居住区，为此还发明了

不计其数的墓地

“隔都”这样的具有时代和种族特点的专门用语……

我还沉浸在思考中，车子已经到站了，需要换乘别的车前往橄榄山。

下车时，正好看见一位母亲带着三个孩子，可爱的孩子正朝我看，她的好奇，倒是把我从对犹太人的同情和对黑暗社会的思考中“解脱”了出来。回到老城，我赶紧奔往圣殿山附近的橄榄山。

橄榄山对于以色列或犹太人来说，也是具有非常重要的宗教、军事和政治意义的地方。从老城远眺，大片的墓地十分壮观。不论古代还是现代，犹太人死后都希望能葬在橄榄山，因为这里是世界上最古老的墓地，时间跨度长达4000年，估计有15万个墓穴，其中包括各时代许多拉比的墓地。墓地曾两次遭到破坏，一次是公元70年，罗马军队对耶路撒冷城市的大破坏。另一次是20世纪第一次中东战争(1948年)和1967年“六日战争”期间，约旦人占领了橄榄山，士兵把墓碑当成了建筑材料。

再往山上走，就是许多的宗教景点，比如位于山半腰的客西马尼园，据说，这是耶稣经常祷告与默想的地方，也是耶稣被人出卖的地点。园中最引人注目的是，那八棵巨大的橄榄树，现在还能结出果实、榨油，它们都是2000多岁的老树了。

客西马尼万国教堂内部

圣母玛利亚教堂

客西马尼园旁边就是万国教堂，这里曾建过两座教堂，一座是公元4世纪时的拜占庭式教堂，但它不幸毁于746年的一次大地震。12世纪时，在原地又建了一座十字军教堂，但它也在1345年遭遗弃。现在的教堂是在原址上，由16个国家出资，于1924年建成的。

再爬高点，路过主哭耶京堂，这是一个罗马天主教堂，正面就是耶路撒冷老城。从外形看，教堂状似一颗泪珠，据说象征耶稣的眼泪。因为根据

主哭耶京堂

《路加福音》第19章，耶稣走向耶路撒冷时，被第二圣殿的美丽震惊，并预测第二圣殿将会毁灭，犹太人将纷纷离散，因此当众哀哭……

天不早了，太阳马上就要落山，按犹太人的习俗，落山后，安息日就开始了，市区所有公共交通都将停止。犹太教徒会在哭墙那里举行仪式，于是我快速下山，以便能近距离观看犹太教的安息日活动。

今天，真是耶路撒冷悲情一日游啊！

有两千年历史的橄榄树

文化与信仰的力量

2019年2月8日

对于北京市民来说，有一个春节景象令人记忆深刻，那就是初一早上的大街小巷。因为外地人都返乡过年，北京几乎成为一座空城。除夕之夜的春晚的直播，无论节目是否精彩，人们都还是围着电视机，守岁聊天。于是，大年初一的早上，这座城市相当寂静。

此时，我在亚洲最西端的耶路撒冷，也几乎遇到在北京过大年初一同样的情形。今天是犹太人的安息日（周六），且是早晨，全城在晚上7：30之前，公共交通停运，太阳落山前，商店餐馆已是大门紧闭。还好，以色列国家博物馆没有关门，我只能选择去博物馆参观了。

安息日（Sabbath）对于犹太人来说，是非常重要的节日。本来Sabbath一词原意就是“七”，犹太历每周的第七日，也就是星期六（每周从周日开始）为圣日，不许工作。按《圣经》的说法，上帝创造了天、地、海、动物和植物等万物，第七日就需要安息，所以上帝赐福安息日，这是犹太人的圣日，在以色列无论是政府机构还是百姓，都严格遵守。据说，有关安息日的禁令包括不能开火做饭，不得食用食物、禁止娱乐活动等 39 项，但婴幼儿除外。

平时最热闹的集市也会在安息日关闭

所以，在这样的日子里，博物馆竟然还能开放，着实是考虑到了像我这样的国际游客。该感谢谁呢？是上帝，还是他的子民？

好了，言归正传。

在步行去博物馆的路上，天空忽然下起了雨，雨越下越大，我不得不在一处屋檐下躲雨。以色列的冬季是雨季，但我来的这几日里，耶路撒冷天天都是晚上下雨，清晨基本就停了。不知是否因为今天是安息日，雨水似乎一反常态，不过看看博物馆的方向，那边蓝天一片，也许是我头上的云彩暂时眷顾我吧。

既然老天“留人”，我就静静地等候，想象一下以色列国家博物馆的模样。我还在幻想中，雨滴已不再掉落，天空有了洗过后的纯蓝。再看看当地人，几乎没有人打伞，对了，犹太人在安息日是不能打伞的。

无论我怎样想象博物馆的外观，等到了现场，我还是被博物馆的“规模”吓到了，这个就是国家博物馆的入口？

俗话说，人不可貌相，博物馆也适合这一真理。

进到馆里，买好门票，拿到免费耳机，开始了我最钟爱的旅行项目，仔细了解以色列或犹太人的起源、历史、人文、宗教、军事、民俗等知识，欣赏大量与以色列有关的艺术展品。以色列博物馆的设计风格和展厅面积，以及空间利用的高效，是我在目前为止看过的博物馆中，最令我印象深刻的，也最让我刮目相看的。

首先，它是从以色列的人种起源开始，按时代排序，绝大部分展品都是实物或考古发现。博物馆的每一个展厅，在高度和面积上没有丝毫浪费，光线以及文字解释等都非常明亮、到位。

↓ 25 万年前以色列人的头骨化石

↓ 罗马统治时期的女性头饰

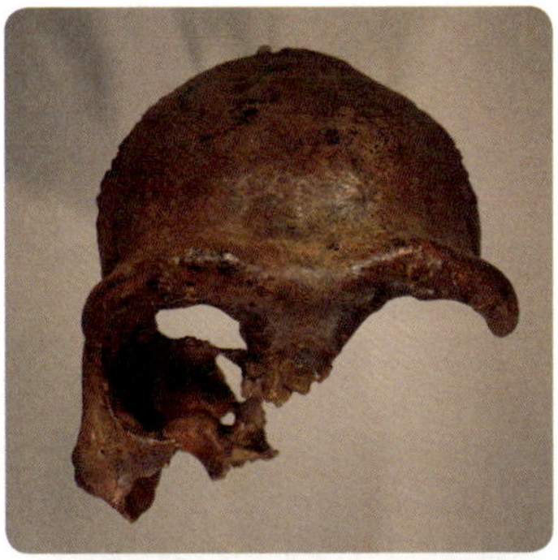

其次，以色列国土面积只有 2 万平方千米，人口 880 多万，对于这样的幅员和人口，以色列绝对属于小国，但相比这里的展品，博物馆的规模绝不亚于很多大国的国家博物馆，可以称得上是极其丰富。展品类别也相当复杂，不仅有以色列本土的，还有被占领时期，各国精美的文物和艺术品。

第三，博物馆涉及面相当广泛，既有主馆里的“正规”展品，也有像“死海卷轴”这样的专业展馆，雕塑公园，非洲、美洲、大洋洲和远东的艺术精品展以及专门为阿拉伯少年儿童开办的各种展项，还有一些个人捐赠的艺术品和会所陈设等。

我这样赞美，也许您可能还不能体会，如果我告诉您一个数据，也许各位就能体会到展馆的价值所在了。从入门开始，到参观结束，我不吃不喝，在此度过了整整 6 个小时。且慢，我还只是看了不到 1/3 的展品，很多也只能是走马观花了。要知道，这还只是以色列和耶路撒冷众多博物馆中的一个。

有必要重点提一笔的是“圣书之殿”馆。这里珍藏着非常重要的《圣经》文物。

1947 年夏天，一位阿拉伯牧童因寻找走失的羊只，到了死海西北角岸边。他登上陡崖，无意中进入一个洞穴，发现许多内藏羊皮卷和纸莎草卷的陶坛。这些羊皮卷后被证实，是一些用希伯来文书写的早期犹太教和基督教的经文（《圣经》）。今天的专门用语称它们为“死海卷轴”，是考古学家和宗教人士视为宝中之宝的文物，也是 20 世纪最伟大的考古发现之一。

怀着依依不舍的心情，我离开了博物馆。此时，已将近下午三

↘ 死海《圣经》卷轴馆

↖ 圣墓大教堂正在进行宗教仪式　↑ 当年耶稣被钉上十字架的各各他山

点，为尽快赶到古城的雅法门，我只好打车，以赶上圣墓大教堂对外开放的时间。

圣墓大教堂是基督教十分重要的圣地，当年耶稣就是在这个山头被钉十字架的，耶稣在这个教堂所处的地方遇难、安葬和复活。

当我进入这个教堂时，用人山人海来形容一点不为过，这也是我走遍所有国家的教堂所没有见过的景象。通常，我们见过的教堂都肃穆安静、人流稀少，但圣墓教堂，有着不同寻常的外观和人群，这里经常聚集着希腊人、科普特人、拉丁人、亚美尼亚人、迦勒底人和叙利亚人，他们互相反感，却向他们各自的主唱着相似的圣歌。

要说起原因来，大致是这样的：圣墓教堂是基督教的圣地，但基督教经过历史的演化，主要分为七个教派，在圣墓教堂里，希腊东正教派、亚美尼亚教派和罗马天主教派三个主要教派，瓜分了圣墓教堂的大部分财产。由于教派纷争激烈，1757 年，国际仲裁组织判定，

↑ 耶稣墓

以当时争端发生时的范围为永久范围，每件物品也都做了造册。但直至今日，这个教堂也是不得安宁的。

不过无论如何，进到教堂里，所有人都被教堂正在进行的宗教仪式所震撼，心灵也受到了一些净化。许多人久久不愿离去，尽管教堂的工作人员一再说明，请大家疏散，十分钟后仪式将重新开始，但我看见，大家都不愿离去。

到了不得不走时，我离开了教堂。此时，外面又开始下雨了，我

↑ 圣墓大教堂的屋顶

默默地离开了教堂，并对教堂前的院子拍下了最后的留影。

我一步一回头地离开圣墓，离开圣城。因为明天，我就将启程，结束我圣地的旅行，回到亚洲另一端，同样是东方古国的土地上。

别了，耶路撒冷！

别了，以色列和犹太文明！

犹太民族给世界的启示

2019年3月1日

老城阿卡

世界人均出版书籍最多的国家

世界人均拥有电脑最多的国家

世界人均媒体报道量最多的国家

世界人均交响乐团数量第一的国家

全国人口三分之一是志愿者

世界人均拥有医生数量第一

全球癌症病人存活率最高

世界人均拥有科学家、工程师和技术人员第一

世界人均大学学历拥有量最高

世界人均发表科技论文最多

……

仅从上面的“世界之最”，如果不说是哪里，各位读者绝想不到，这是一个南北长 470 千米，东西宽 135 千米，且 60% 的土地是沙漠的国家，它就是 1948 年建国，人口不到 900 万的“弹丸之地”——以色列!

毫无疑问，如果不到实地观看，如果不了解它的自然地理、地质条件、历史演变、人文宗教等，我们实在是无法把这些之最，与普通国名“以色列”相提并论。

春节期间的十天自由行，虽然只游览了特拉维夫、耶路撒冷、海法和阿卡，但通过实地体验，开启知识储备，我对以色列的生活、地理、经济、科技、人文和宗教等，算是有了比较真实的、感性的，但丰富的、深入的了解。

说起丰富性，其实，以色列虽然很小，但经过历史的演变，以色列的城市建设颇有点“百花齐放、百家争鸣”的韵味。

耶路撒冷，文化十足，宗教浓厚，特别是以圣殿山为中心的老城区，由于政府保护措施到位，建筑物基本都保持了古代风格。即便是新城区，因为外墙都使用石头，因此，新老城市并没有那么大的区别，整个城市保持了很好的一致性。这点，是世界所有国家都应该学习的榜样。

特拉维夫，作为以色列的金融城市，曾经的首都，紧邻地中海，城市定位自是非常现代而时尚。在那里待了几天，无论在城市的什么地段和区域，行人永远是匆匆忙忙。

我发现，街上有两样东西随处可见，一是川流不息的车辆，包括电动滑板，还有就是取款机了。特拉维夫的取款机都不大，基本形同冰箱，随处可见，有的还带有四个轮子，像是婴儿的小推车，这充分说明了特拉维夫金融城的特点。

晚上的特拉维夫，更是灯火闪亮，餐馆酒吧是此时的主角。难怪，《孤独星球》将它评为“世界十大充满刺激的城市”之一，《电讯报》也把它评为全球领先的派对城市之一。

海法和阿卡毫无疑问是两座旅游城市，也是非常古老的中小城市，保护和维持原状，恐怕就是首要目标了。海法的现代化水平非常高，街道外观、空气质量都是以色列上乘之地（全国空气质量都非常好）。

阿卡更是具有悠久历史意义的小城，宁静而温馨，古朴而方便。到了那里，你怀疑自己是站在了中世纪的港口。

这样的城市组成的国家，为何有了开篇列出的世界多个科学和人文之最呢？以我不算全面的了解和分析，原因可能有如下几个。

第一，这是个科技发达的国家

当飞机抵达以色列国土，从机场设施开始，我就体会到了它的现代化，或者说是高科技化。在机场，要找个工作人员问问还真是困难，许多地方是无人管理的，全凭电子化的、智能的管理手段，当然

雅法老城海景

这也会给刚到此地的非本地人带来不便。

以色列的高科技地位从下面几个记录可见一斑。例如 IT 领域，以色列发明了英特尔微型处理器、快速喷墨打印机、ICQ 通讯系统、电子邮件和手机短信系统、杀毒软件等。世界上主要的跨国公司纷纷在以色列开设研发机构，像微软、思科、摩托罗拉、英特尔、谷歌、苹果等，很早就在以色列创立了主要研发基地。

军事科技恐怕也是以色列领先世界的一大领域，美国的一些武器也是从以色列进口的。《为你，耶路撒冷》里讲过这样一个真实的故事。

一位乌克兰犹太木匠的女儿，1948 年 1 月的某天，在与本 · 古里安（以色列首任总理）一番争执后，穿着一身春装，拎着一只手袋，兜里只有 10 美元，却安全抵达纽约。她是受本 · 古里安指示，到美国去购买军火的。

她费尽心思进入了美国犹太社区金融领袖的聚会上，在没有任何文稿的情况下，她的一段“你们一定要相信我，我告诉你们，我之前没有来过美国，只是为了防止 70 万犹太人从地球表面被抹去。在过去的几年里犹太民族已经失去了 600 万同胞，我们提醒世界上的犹太人，还有 70 万犹太人处在危险之中……”演讲，立刻吸引了在美大亨的注意力。

她接着宣布，她来美国就是为了筹集 2500 到 3000 万美元购买重型武器……片刻沉寂后，第一批当地犹太人带着 100 万美元善款就上了讲台。

很快，当地犹太人纷纷给自己的银行打电话，当天下午结束时，2500 万美元就已筹齐。接着这位年轻犹太女子在美开展巡回演讲，最后，这位怀揣 10 美元盘缠登陆美利坚的女子，离开美国时，已经筹集到了 5000 万美元的军火资费，这个数目是 1947 年整个沙特阿拉伯石油收入的三倍。

也许，正是这种靠着勇敢和智慧，靠着团结一致的民族精神，犹太人建立了自己的国家，顽强地屹立于世界民族之林。

第二，这是个创新的国家

创新在以色列得到了充分体现，不论从城市雕塑、建筑风格、还是穿着打扮上，都表现得淋漓尽致。比如街头雕塑、电子产品、宣传海报、市内装潢等，几乎很少看见有重复的，而且许多的创意很是令人意外，但又简洁大方，令人印象深刻。

这个创新的基因来自何处？

也许首先来自各自家庭的教育。犹太人家庭的母亲，每天要问放学的孩子同样的问题，“你今天问老师问题了吗？”“你问了好问题了吗？”从这一简单的家庭习惯看，个体独特视角的来源，也许正是这些母亲们日复一日的叮嘱和提醒。

此外，学校也鼓励学生质疑老师，对任何问题都可提出怀疑，哪怕是宗教的根本问题。家庭的教育和学校对学生的不设禁区，都是鼓励青少年的创新思维和习惯，体现的是个体差别、社会多元。这样的教育体制，培养出来的人才，在未来的岗位上，一定不会随大流，模仿他人，更不会抄袭别人的成果。

另外，以色列的服役制度，其实从另一方面也培养了年轻人挑战极限，不服从权威，打破常规的人格和品质。

第三，这是个崇尚创造财富的国家

世界顶级富翁中，一半是犹太人；美国亿万富翁中，1/3 是犹太人，索罗斯、洛克菲勒、罗斯柴尔德、摩根家族等都是犹太人。

上面提到的犹太女子到美国筹资买武器的故事，其实它的后续故事更为传奇。那 5000 万

特拉维夫金融城

美元送到日内瓦的某家银行后，以色列人有效地利用欧洲货币的资本浮动利率，将这些美元先换成意大利里拉、黄金，然后再转回美元，经过这么一番精心操作，获得的利润足够在每次采购武器时，再额外购买一些步枪。

本·古里安还组建了一个大型采购团，他将采购团本部设在日内瓦，负责人是一位俄罗斯犹太人，这位负责人极其精细负责，甚至每次打开保险柜时，都要照照镜子，看清自己到底是谁。这个细节说明犹太人办事认真，另一方面恐怕也说明，他们对财富的珍视和热爱吧！

第四，这是个注重农业独立自主的国家

按照以色列的自然条件，它的可耕地并不多，而且地质条件也不适合种植。

也许是因为建国初期周边都是敌对国，又或许其他什么原因，以色列人就是在贫瘠的土地上，创造了许许多多的农业奇迹。例如1870

↓ 博物馆里的滴灌场景 ↘ 以色列的农业世界领先

年，以色列农民建立了第一所农业学校“米克维以色列学校”，目的是让农民分享应对恶劣的当地气候的方法。20世纪，他们发明了神奇的滴灌技术，目前都已输出到世界110多个国家，农业污水再利用率也达到了70%，处于世界遥遥领先的地位。

其实不仅是在农村，即便是在今天的大都市，滴灌技术和长长的滴管遍布城市各个公共场所。目前，以色列不仅农产品可以做到自给，而且许多产品如花卉、水果、畜牧产品等销售到了世界各地。这实在是个令人称奇和尊重的成就。

第五，这是个喜欢“冒险”的国家

以色列人的创新特点，其实也与这个民族的“冒险”精神不无关系。以色列人或者犹太民族，他们遭受了世界上其他民族都没有遇到过的苦难和磨砺，无论是死亡集中营，还是各国的排斥，特别是欧洲国家给犹太人设置的“隔都”，都是无法生存的人间地狱。为了活下去，犹太人采取了许多办法，举行过许多起义，有的人甚至是冒着死亡的危险，逃脱或帮助族人逃出纳粹的魔爪。因此，他们性格中其实是存有很大冒险基因的，换句话说，它也是开创新生命，创造新世界的可贵精神。

除了民族和个体，对于国家机器，以色列政府在许多方面也具有创新举措。例如以色列经济部是世界上第一个任命“首席科学家”的政府机构，这个部门就如同企业技术孵化器一样，它为新技术公司的建立，提供50% ~ 80%的资金支持。此外，政府还建立了国家技术创新局，成为吸引全球风险投资的磁铁。也许正是有了这样的机构，以色列成了全球风投的沃土。

第六，这是个具有坚韧民族性格的国家

在2000年的流亡历史里，犹太人经历了其他民族和王朝的蹂躏、驱赶，甚至是德国纳粹的沉重打击。

但在历代犹太领袖或元帅的带领下，犹太人通过坚持不懈的斗争，利用智慧的、坚忍不拔的手段，终于回到了犹太人自己的故土，并通过与周边国家多次的战争，创建了独立的以色列现代国家。

当然，在建国的过程中，以色列或犹太人经历了令人难以想象的艰难，在《为你，耶路撒冷》里，讲述了这样一个故事。

1947年，联合国分治计划开始后，以色列的敌人把犹太人报纸《巴勒斯坦邮报》编辑部给炸了，报社几乎被夷为平地，伤员伤势惨重。一位编辑从现场回到家时，夜晚，他的妻子问他，“你打算用什么方法出报纸？”这位编辑认为妻子疯了，但妻子“你的工作就是出报纸”的冷静回答，使得这位编辑又成立了临时编辑部。一小时内，他找到了另一台印刷机，两名记者在满是碎片的屋子里，找到夜间新闻副本，他们的女友立刻将残片重新排版。第二天早上6点，邮报出现在了耶路撒冷的大街上。还有一位排版工人，因为这次爆炸导致一只眼睛变盲，但他靠着一只放大镜，每天准时坐到他的排版架前，宣告以色列国成立的消息，就是他亲手排的版。

以色列是个移民国家，民众都是从世界各地回归故里。因此，建国初期，大家在方方面面都有很大的差异。但到了以色列后，大家都学会了“Chutzpah”（意第绪语“厚脸皮”的意思），另一层含义就

充满现代气息的耶路撒冷

是“不达目的不罢休”，拒绝失败也成为无论哪个年龄段的犹太人的思维习惯。

第七，这是个注重教育和科学的国家

以色列人对教育的重视可谓世界闻名，据说以色列人在孩子很小时，就开始教孩子看书学习，他们甚至在书本上涂抹蜂蜜，让孩子体会到读书的乐趣。犹太人家长对孩子教育极其严厉，从小就要求为家里分担责任，不论家庭富有还是贫穷，从小自己刷牙、洗脸，根本不在话下，再大点还要做些如卖报纸等的活计，十几岁就要给家里做饭，16 岁以上就要打工挣钱，甚至养活家里了。

即便是在 20 世纪三四十年代纳粹集中营及贫民窟里，犹太家长也没有忘记孩子的阳光教育。为了保持旺盛的斗志，家长们举办音乐会和戏剧表演，努力保持战前文化生活和秩序。例如在塞勒斯恩斯塔德犹太贫民窟，被德国人驱赶在一起的犹太人有 14 万多，饿死的人成千上万，但就是在这里，一群少年秘密编写了一份周刊，每期他们都在阁楼里用手誊写。年纪小点的孩子就画画，他们中的大多数最后都被遣送到了奥斯维辛集中营。

以色列建国后，教育更是成了国家的重中之重，经过多年的努力，以色列高等教育不仅领跑世界，880 多万人口的国家，专业院校达到 57 所，7 所综合性大学名列世界前茅。1924 年成立的以色列理工学院，培养了许多诺贝尔奖获得者和世界知名企业家和科学家。光以色列境内，就产生了 12 位诺贝尔奖获得者，另有 193 名境外犹太人也获得了诺贝尔奖。获奖范围涉及科学、文学、艺术等各类别。

然而，尽管以色列有着如此骄人的成就，但身临其境，我还是发现了这个国度的一些隐忧。

首先，当下的以色列社会，民众似乎缺乏建国初期那种积极向上的热情。一些人甚至可以说相当消极。我能够明显地感到，有的市民是懒惰的，他们不愿再努力。在城市的公交车里，卫生状况不尽如人意，一些地方也存在脏乱差的情况。

其次，当地人的修养也有待提高。虽然以色列也属于发达国家了，人均 GDP 达到了 4 万美元，但看上去，他们缺乏其他一些发达国家市民那样的个人素质。对于外来客人，很少见到他们报以微笑，助人为乐似乎成了比较稀缺的性格。一些公共岗位或窗口服务的人，态度也极其不友好、不热情。

最后，似乎以色列大城市的风貌在走下坡路，这种其情形颇有点南非的现状，城市的发展势头看似在减弱。

其实以色列自己的文人和学者也看到了社会的阴暗面，比如以色列戏剧史上最伟大的国宝级剧作家、导演、诗人汉诺赫 · 列文，他的作品犀利、机智而富有诗意，他在罹患癌症后的最后一部自编自导话剧《安魂曲》里，就用讽刺的手法，创造了喜剧的效应。

正如该剧的翻译张平所揭示的：“死亡主题框架下的人，冷漠、残忍、绝望无助、以侮辱和损害他人为基本交往动机……”这也许正是以色列当代人的弊病。其实，列文在他 30 多年的创作中，一直致力于批判以色列人沾沾自喜的文化，他以艺术家特有的工具，督促国家对民族劣根性进行深刻检讨和反思，赢得了以色列各界的尊重。

列文的深刻思想也超越了国界，对于世界各国，特别是已经有了很高物质水平的社会，都是值得借鉴的。

正如以色列另一位国宝级作家阿摩司·奥兹所指出的，“任何悲剧都有几分喜剧色彩，任何灾难对旁观者均有一丝愉悦。”我以为，任何喜剧也具有几分悲剧色彩，《安魂曲》这样看似喜剧的戏剧，起到的是提醒社会正在退化的悲剧效果，对待这样的戏剧，恐怕我们就需要有点未雨绸缪的警惕了。

以色列人酷爱的便携式自行车

中篇

巴尔干半岛

贝尔格莱德速览

2019 年 8 月 16 日

出发之前，我联系电信公司，想开通到塞尔维亚及波黑的手机漫游，说了好几遍，客服小哥还是听得一头雾水，我只好逐字重复国名。

其实即便对上点年纪的人，一提起塞尔维亚，没准儿会被想成塞维利亚，这可就有点南辕北辙了。塞维利亚属于西班牙，而塞尔维亚位于巴尔干半岛地区。怎么样，想起来了吧！对，塞尔维亚就是以前的南斯拉夫的一个联邦共和国。我若想把这段历史说清楚，还真有点困难。

反正，简而言之，两次世界大战都与塞尔维亚有直接关系，它曾被称为世界的火药桶。但如今 70 多年过去了，这里火药味还浓吗？

我是搭乘土耳其航空班机来到塞尔维亚的，以往只听说土耳其航空提供的飞机餐很美味，并不知航空服务如何。这次亲自体验了一回，感觉食物名不虚传，服务似乎有点差强人意。不过，伊斯坦布尔机场

塞尔维亚国家博物馆的展品

着实让我眼前一亮，即使由于飞机延误，时间非常紧张，我还是忍不住边走边拍了好几张照片，实在太漂亮了！

塞尔维亚机场无论规模，还是设计感，都与伊斯坦布尔机场相距甚远。

有意思的是，我刚从廊桥出来，就有几个工作人员在门口查看我们的护照。我定睛端详其中一位工作人员，感觉他长得很像《瓦尔特保卫萨拉热窝》里第二男主角，一种亲切感油然而生。没用一分钟，我就来到了海关，又用了不到一分钟，就进入了塞尔维亚的国土。对于中国人来说，享受免签待遇，这种体验是相当好，通关时间也是按秒计算！

这是我首次体会到免签的好处。

来到机场出口处，饭店派的司机来接我。不过这个小伙儿就不像电影里的人物了，他的长相基本与其他欧洲人没太大区别，人非常热情友好。室外的气温让我大跌眼镜，小伙儿说，现在是早上九点，比较凉，温度只有 20 摄氏度左右，但中午会很热，有时能达到 40 度……

放好行李，我迫不及待地想亲眼看看这座城市。

像以往大多数旅行一样，首站仍然是博物馆。贝尔格莱德拥有不少博物馆，我决定先去国家博物馆，因为它离我住的地方实在太近了。

这座博物馆，从外面看就相当气派，内部装修更是富丽堂皇，精致典雅，展品摆放位置科学合理，讲解员的介绍也非常精彩。我发现博物馆中的艺术品，尤其是油画占比相当大。这个馆有个与众不同的地方，就是修道院的展品相当多，尤其是它的湿壁画，让我感到有些意外。让我欢喜的是，不论油画是否在镜框里，观众都可以拍照。

↓ 共和国广场

贝尔格莱德其实很小，人口只有140多万，面积约360平方千米，占塞尔维亚总面积的3.6%。它虽然号称是原南斯拉夫地区最大的城市，巴尔干半岛第四大城市，但我在城里几乎都是步行，去新老皇宫、国会、北约轰炸现场等地参观，都是如此。为了赶时间，有时我也会选择乘坐他们的公交，比如去南斯拉夫博物馆时，我乘坐的就是普通公交车，这次乘行让我体验到不寻常的温暖。

事情是这样的，我刚一上车，告诉司机自己的目的地，司机点头表示知道。但接下来有问题了，他不会表达要多少钱，一位姑娘走过来告诉我，是150第纳尔，但是司机鼓捣半天就是无法打出车票，我正打算下车，那位好心姑娘说，没事不用买了，我觉着很难为情。后来她跟我聊起，她刚从俄罗斯驻贝尔格莱德使馆出来，也要路过前南斯拉夫博物馆，她还说自己毕业于贝尔格莱德大学，要去俄罗斯攻读政治学博士学位。这时，正好有个座位空出来了，我立

国会大厦

老皇宫现为市议政厅

刻坐在了一位中年妇女旁边，因为戴着帽子有点热，加上有点“做贼心虚”，我拿着帽子扇了扇，旁边的妇女见状立刻把一把精美的扇子递给我，这让我感到几分意外的温暖。这徐徐微风吹动的是空气，但挥动的是我过去的记忆和对当地人的感慨。我可以下个小结论，如今的“火药桶”已经完全没有火药味了。比如刚才司机鼓捣车票时，花了不只两分钟时间，但所有乘客，没有任何怨言，车里安安静静的，能看出来，当地人很有礼貌。

不过，可能是因为公交车费用很高，我坐三站路，车费相当于人民币 10 元。难怪，那位要去俄罗斯的女孩说，她就经常不买票，等到真有人查票时，再买就是了！不知这是不是普遍现象，也许是穷学生的生活“技巧”，我注意看了看车里，其实设施还是蛮陈旧的。但当地人素质还是不错的，尤其我下车时，另外一位英语更好的姑娘，也同时下车，她还问我需不需要她陪同，哈哈，遇到洋雷锋了！

南斯拉夫博物馆虽然面积比国家博物馆小得多，我在此待的时间却比国家馆要多。

这个馆里，有很大一部分是关于铁托生前用过的物品的展览，看得出来，铁托生前非常受民众的爱戴，正是在他的领导下，解放了相对混乱，受外国强权侵犯的南斯拉夫各国，争取了民族独立。

上点年纪的中国人，都对几部电影记忆犹新，比如《瓦尔特保卫萨拉热窝》《桥》《夜袭机场》《苏捷斯卡战役》等，这些电影里的瓦尔特其实就是铁托的化身。在战争期间，为了做好地下斗争，铁托

南斯拉夫历史博物馆

的确也是用瓦尔特的名字，与德国人等进行周旋，敌人不知瓦尔特是谁，其实就连南斯拉夫人自己也不知瓦尔特到底是谁，他在人们的心中存在着，有了瓦尔特似乎人们就有了希望。尤其是瓦尔特的游击战术，令德军等摸不到头脑，他成了一阵风，成了神。

我在南斯拉夫博物馆里，看到两样东西印象特别深刻。

一个是前南斯拉夫在铁托生日的当天必做的一件事：全国各地的许多市民或单位，都会赠送铁托一个接力棒或叫火炬，而且还会举行传递接力棒的游行或奔跑活动，展厅里那些接力棒的数量令我惊诧不已。

还有就是铁托的蓝色列车，不仅设备豪华，也是他作为元首进行政治、外交甚至军事活动的载体。

在博物馆里，我还看见了铁托的墓地——而非水晶棺，一块非常简单但很庄严肃穆的白色大理石墓碑，上面就写了名字和出生年月，紧挨着的一块小些的墓地，是他夫人的墓地，这让我对铁托更多了一些敬意。

从伟人墓地出来，我又坐公交车去了圣萨瓦大教堂，它是全世界最大的东正教教堂，排名世界十大教堂之一。教堂始建于 1935 年，但出于种种原因，整个外部工程 2003 年 12 月才告结束，而内部装修至今（2019 年）仍在进行。

这个教堂是为了纪念圣萨瓦而建造的，说来还有一段感人的历史。

11 世纪末期，饱受战乱及拜占庭统治的塞尔维亚人，在民族英雄斯蒂芬·奈马尼亚率领下，迎来了独立的曙光，初次建立了拥有独立王权、统一的塞尔维亚王国。

国王去世后，三位兄弟对王位都有继承权，因此斗争之激烈可以

铁托墓

↑ 圣萨瓦大教堂内景

想象。三位王子中，幼子萨瓦对宗教情有独钟，萨瓦在父亲在世时就开始全面管理宗教事务。其他两兄弟势均力敌，十分渴望王位，但萨瓦选择站在相对仁慈的次兄斯蒂芬一方，并以宗教影响支持斯蒂芬夺取王位，接掌了王国大权。

在新王支持下，萨瓦北上君士坦丁堡觐见大牧首，说服牧首在塞尔维亚建立了总主教区。

在此后的数百年中，尽管塞尔维亚被匈牙利、奥斯曼等国统治，但残酷和磨难的生活里，在萨瓦主持的宗教活动中，塞尔维亚民族始终拥有凝聚力，并最终为自己赢得了独立，形成了塞族自己独有的文化。为了表示对萨瓦的尊重和敬仰，人们开始酝酿建造这座最大的东正教教堂。

只可惜，游人目前只能看见地下装饰好的部分。

↑ 圣萨瓦河与多瑙河交汇处　↗ 美不胜收的晚霞

好了，看完教堂，天色已经不早了，各位猜猜，我会以什么游览项目结束今天的行程，结束与塞尔维亚的初次邂逅呢？

日落？

太对了，我将去位于共和国广场附近不远的卡莱梅格丹城堡，欣赏落日美景，结束今天繁忙的行程。

“卡莱梅格丹”位于萨瓦河和多瑙河交汇处，是贝尔格莱德标志性的游览景点，当地人和游客如织。历史上城堡曾经过多次修缮和扩建，至今仍可见古罗马、奥匈帝国建筑遗风，目前所存大部分遗址主要是土耳其统治时期修建的，遗址由巨大的石块组成，是古代和近代重要的军事重地。

↑ 伊斯坦布尔机场

塞尔维亚的世外桃源

2019年8月17日

今天的目的地是伏伊伏丁那。

早上，六点半，我就开始忙碌了。其实，今天是我抵达塞尔维亚的第二天，我还没缓过劲儿来，更没倒过时差。因为目的地不近，我只好带着惺忪睡眼，来到了楼下，在附近的一家面包店，站着吃了点面包，喝了杯咖啡，就直奔车站。其实我这也算是入乡随俗，店里根本没有桌子和椅子，或只有角落一位桌椅，此地小面包房的标配就是如此。

走了一段上坡下坡的小路，再下一个大陡坡，就到了城市交通枢纽或叫中心车站。这里早已是熙熙攘攘、嘈杂热闹，但车站的售票口不少，我只排了一会儿队，就买好了到诺维萨德的汽车票。

心算了一下，真便宜啊，94千米的路程，票价合人民币也就40块钱。不仅如此，车票的设计也非常简洁，一张小方块的白纸，上面简单

圣乔治大教堂

打印了必要的乘车信息。

玛利亚大教堂外观

8:15，汽车启动了，非常准时。既然路程不短，我们就来简单了解下伏伊伏丁那和诺维萨德吧。

伏伊伏丁那是塞尔维亚北部的一个自治省，诺维萨德是伏伊伏丁那的首府，也是塞尔维亚第二大城市，仅次于首都贝尔格莱德。

诺维萨德不仅是伏伊伏丁那的经济、文化中心，还是塞尔维亚最富饶的农业区。诺维萨德面积360多平方千米，人口约30万，城区人口20多万。20世纪80年代初，诺维萨德的GDP几乎是全国平均值的近两倍。但20世纪90年代严厉的国际经济制裁，导致当地经济衰退，许多著名工业企业纷纷倒闭。

2001年起，诺维萨德的经济开始复苏，经济结构开始转向服务业，该地区95%的企业是私营公司，这里还是塞尔维亚国家石油公司总部所在地和小麦市场中心。自19世纪起，诺维萨德就是塞尔维亚的文化中心，有着“塞尔维亚的雅典”称号，塞尔维亚的许多诗人、

玛利亚大教堂内部

特色鲜明的教堂

小说家、法学家和政论家都在诺维萨德生活和工作过……

好了，我们到了，这次旅程耗时整整两个小时。

其实，94 千米本不需要这么长时间，但这趟长途车中途多次停靠，上下乘客，而且司机的驾驶速度也相当地“安全”。不过，我在途中倒是观赏了北部小镇的风景，发现这些小镇都相当漂亮。农田里，满是金黄色的玉米和向日葵，正等待着主人的收割。看得出，这里的农村或农民生活得相当滋润，比城里人要富裕。

下车后我先来到当地的地标，老城区的自由广场，这里有各式各样的建筑，颜色、风格迥异，但都相当耀眼夺目。最让人感慨的是这里的天空，湛蓝一片，比贝尔格莱德的天空还要清新纯蓝，空气透着一种香甜的味道。在城区漫步，就像是在天堂转了一圈，你只要随手一拍，我敢保证它就是明信片或手机桌面图片，什么叫心旷神怡，大概就是这种感觉了！

带着依依不舍的心情，我搭乘公交车，来到只有 8 千米远，伏伊伏丁那地区的另一座城市。这个城市名字很长，叫斯雷姆斯基卡尔洛夫奇，但其实它还有一个更优美好记的名字，叫红酒小镇。

小镇位于多瑙河河畔，人口大约不到 1 万。这里的风景与诺维萨德比，更加迷人，它有着一种原生态的美、人文的美、静谧的美。我想人们来到这里，都是为了远离闹市，享受小镇宁静、安详的氛围。这里的宗教建筑也不少，而且更有自己的特色，与当地的人文风情形成了完美的搭配，实现了人与环境和谐相处。这里很多人家都自己酿制葡萄酒，我们不时可以看见门口有酿制红酒的招牌。

原本对酒并不十分钟爱的我，也被这里的“酒香”吸引住了。

令人惊艳的红酒小镇

我走进一家外表看就十分优雅的店铺，老板娘英文很好，人也热情，在我品尝了三种葡萄酒后，我决定买那种白葡萄酒，因为口感微辣。为了报答老板娘的好客，我买了两瓶，但其实每瓶的价格只有不到 20 元人民币。

在塞尔维亚，很多商品性价比都很合适，特别是餐饮。买完红酒后，我随便走进了一家餐馆，这家餐馆的房子相当古老，内部看起来像个城堡，装修和桌椅都很有品位，我点了份鸡肉和沙拉，还有一份甜食，只合 18 元人民币，太划算了。

不知为何，如今出国，除非到北欧那些高福利国家，其他国家的日常用品，特别是食品价格要比国内便宜得多。

好了，品尝了美食后，兴奋点就会转移到别的方面了，比如历史、风景等，特别是对于塞尔维亚这个以自然风景著称的国家。

我从红酒小镇又乘坐公交，来到离诺维萨德只有一站的彼德罗瓦拉丁要塞遗址。此地属于诺维萨德管辖，是多瑙河右岸的一处要塞。罗马帝国时期，这里就已经有大规模防御工事。历史上，它经历过多次战争，现在已经成为塞尔维亚著名观光景点。

这个要塞险要之处在于，它位于河面上一块 40 米高的火山岩上，塞尔维亚民族曾为了抵抗土耳其和奥匈帝国的侵犯，从 1692 年起在此兴建城堡，用了近百年才全部完工。但 1999 年，北约对塞尔维亚进行轰炸，河上桥梁全部被炸毁，后来当地人在残留的旧桥墩上，重建起了现在的两座桥，它们看上去非常壮观和雅致，完全配得上“多瑙河上的直布罗陀”的美称。

就要离开城堡时，我看到一位交警，他站在一个隧道的出口，因

↑ ↗ 要塞城堡外景

为隧道是弯曲的，从外面看，见不到拐过去的那段道路，但此隧道其实本来就是两车道。也许是为了不让司机紧张，也是为了安全起见，这位交警一直站在大太阳底下，只要过来一辆车，他就让司机停下，然后走到隧道里，看有无车辆，如果没车，他就放行要进去的车辆。相反，如果隧道里有车出来，他会拦住对面的车辆，就这样一遍一遍，不辞辛劳，不厌其烦地重复着一个动作。即便没有车时，他也不躲阴凉。这位普通交警的行为引发了我的思考，也许正是以这位交警为代表的普通塞尔维亚民众，在战争结束20多年里，迅速地发展经济，建设城市，在废墟上建立自己的新国家，完善社会治理，才有了今天这样的民风和秩序。

总之，两天的大致观察和对比，还是让我对塞尔维亚的现状有了些肤浅认识，对明天的波黑之行更充满了期待！

奔向《德里纳河上的桥》

2019 年 8 月 18 日

早上 7：30，我在酒店附近的一个咖啡馆，边喝咖啡，边等从萨拉热窝赶来的导游。

时间马上就到了，却还没见着导游的身影，正有点着急时，一辆车停在了跟前。只见一个高高的小伙儿从车里下来，一边连声致歉一边拿过行李，他解释因为约定的地点正在修路，所以耽误了时间。

上车后，我才知道，原来导游兼司机昨晚就从波黑的萨拉热窝赶过来，在贝尔格莱德住了一晚。而且幸运的是，这趟旅行除了导游就只有两位中国客人，哈哈，赚了！

导游开着车，手里拿着手机看地图，还一直与我们交流，他时不时还把头转过来，便于看见我们的表情，我开始佩服这位全能导游了。

开了一会儿后，离开了闹市区，导游竟然把手机放在旁边的座位上，边看边开车。此时我尽量不跟他说话了，心里在想，他们为什么没有语音导航呢？我不好意思直接问，看来还是中国的技术更先进、也更普及。

车子开了大约三个小时，导游才在一个服务区停下，一来加油，二来吃早饭、喝咖啡。这个看起来平淡无奇的地方，却是当地的网红打卡地。

大家还记得米卢吗？对，就是2000年至2002年执教咱们男足的教练，他在2001年率领中国队冲出亚洲，进入世界杯，圆了中国足球44年的梦想。取得如此成就的米卢，确实令无数国人心怀钦佩和感激，而米卢就出生于前南斯拉夫。

米卢有个外甥，虽然也爱好足球，但让他出名的并不是足球。20世纪60年代末，他和小伙伴经常在镇上的德里纳河游泳、跳水，大概

网红小木屋

是为了换衣服方便，也许就是因为贪玩，他们竟在河中央的一块岩石上盖了个小木屋。当然，那时建成的木屋可能没有现在这样美观，因为德里纳河常常发大水，这个小木屋被大水冲毁过好几次。不过听导游说，现在这个小屋已经不属于米卢的外甥，而是附近渔民或钓鱼的人存放物品的公共空间。小木屋以前未必有名，但被美国国家地理杂志公布后，就成为网红景点。

从远处看，河流中央伫立着一个木屋，还是很吸引眼球的，只是我们不能进到屋里，有点遗憾。

第一个景点就拉近了我们与导游的距离，此时我们还是在塞尔维亚境内。

导游知识渊博，也很健谈。我们聊起了他们为什么爱喝咖啡。其实，塞尔维亚和波黑等地区，根本就不出产咖啡，14 世纪左右，因为奥斯曼人的入侵，才使当地人也慢慢喝起了咖啡，而且大有“青出于蓝而胜于蓝”的态势，后来我在塞尔维亚和波黑都颇有感触，尤其是萨拉热窝，大街小巷，几乎布满了当地风格的咖啡馆。

不过他们喝咖啡的习惯和器具都与众不同，是用一种小金属壶煮开后，或加糖饮用，或干脆喝黑咖啡。从早到晚，人们都聚集在各种咖啡馆的遮阳棚下，让人感觉当地人生活十分恬静悠闲。

导游又开了一段路，我们来到了塞尔维亚国家公园。一进入公园，顿感凉爽了许多，其实出发之前，天气预报显示最高气温 33 摄氏度，最低气温 10 摄氏度。虽然温差很大，但事实上，这里白天相当炎热，走进这个公园，顿觉凉爽宜人。

公园里，参天大树比比皆是，充满原生态气息。公园占地 220 平方千米，塞尔维亚的国土面积只有 8 万平方千米，公园被称为“塞尔维亚之肺”可谓实至名归。

这里的植物种类有 1200 多种，还有 50 多种哺乳动物，140 种昆虫、135 种鸟类。让我非常惊讶的是，这里有许多树木倒伏在地，却无人去挪动，这些树木要么是自然倾倒而亡，要么是因为生虫了才被砍伐下来。听导游说，塞尔维亚的主要产业是木材和能源，因为河流较多，产生的电力还出口到了附近国家。也因为工业不发达，塞尔维亚的空气质量很高，PM2.5 只有两位数，因此，在公园中行走实在是一种享受。

行进当中，我才得知，这位优秀的导游竟然是位生物学家，他在刚入学时，所学专业是工程，但因为不喜欢，改成了自己喜爱的生物学。我们在树林中行走，他会忽然在一片叶子上发现蝴蝶，他很容易地就把蝴蝶捧在了手心里，那般呵护的神态，让我觉得“兴趣是最好的老师”这句话，确实是放之四海而皆准的真理。

一小时后，我们驱车来到 Sargan 的八号小火车景点。

这个景点有点类似台湾小火车观光项目。这里的铁轨是窄轨，轨道宽度为 76 厘米。景点建于 1925 年，于 1974 年被废弃，后来作为观光项目重新开放。因为从空中看，火车走的路线是个 8 字形，景点被命名为：“8 号”。

火车单向行驶，线路设计有利于爬坡。在 45 分钟的观光时间里，我们通过了 22 个隧道，5 座桥梁，但看隧道的编号，似乎有 50 个以上，最长的隧道长度为 1600 多米，火车在里面行驶了很长时间才重见阳光。导游介绍道，其实这条铁路过去是可以运输乘客的，但从贝

↑ 落入导游手心的蝴蝶 ↗ 小火车飞驰而过

尔格莱德到萨拉热窝，大概需要 24 小时的时间。

我不得不感叹时代的进步。不过转念一想，也许过去那样的旅行才是真正的旅行，《东方快车谋杀案》《尼罗河上的惨案》这些文学作品不就是诞生在那些旅途中吗？

说到文学作品，其实这个地方还真与艺术有关，2004 年获得戛纳国际电影节“法国国家教育系统电影奖”、2004 年“金棕榈奖”和 2005 年恺撒电影节欧盟最佳影片奖提名的《生命是个奇迹》，就是当地导演埃米尔·库斯图里卡的作品。

电影讲述的是：1992 年，前南斯拉夫内战前夕，贝尔格莱德的塞尔维亚族工程师卢卡，带着他的歌唱家妻子和儿子来到波斯尼亚的一个小城，要建造一条能够改变当地旅游现状的铁路。卢卡天生是乐天派，总以一种乐观态度面对战争的纷乱和嘈杂。但直到有一天，他的生活被打碎，妻子移情别恋，儿子入伍，并成战俘。他自己从塞尔维亚士兵手下，救出一个处于危险的穆族年轻姑娘……

也许是因为这部电影的走红，此地又迎来了源源不断的新游客。

修道院

不仅如此，因为导演本人颇有经商意识，他在火车站的旁边，开发了旧时小镇的旅游项目，到本地坐火车的游客都纷纷来到这里，感受古时当地人的生活习俗，欣赏传统建筑风格和风景如画的自然环境，游人到此，绝对是不虚此行的！

带着依依不舍的心情，我们乘车驶向两国边境，导游帮我们办好过境手续后，高兴地说道，我们到波黑的地界了！

导游很是自豪，因为此前我夸赞塞尔维亚很美，他说过波黑比塞尔维亚更漂亮的“大话”。现在是检验真假的时候了！

我们很快就到了波黑的一处景点，这是一家著名的修道院，多布伦修道院（Dobrun Monastery）。这是一座塞尔维亚东正教的修道院，最初建于 1343 年。

一进入院内，立刻就感受到了自然的安宁，而且是一种从未感受过的寂静，这大概就是空灵吧。

导游说，修道院的面积曾经比现在大，围墙也在河流外界，“二战”时德国人为了方便运输，在旁边修了铁道，而且把修道院的围墙缩小到现在的范围。更让人遗憾的是，现在的教堂其实是修复的，“二战”结束时，德国人把教堂的后半部拆毁了，仅剩下一半的墙壁和仅存的些许壁画。

其实像这样的情况，别的地方也有不少，战争就是对生命、对文化、对精神的无情打击，无可挽回的摧毁！

离开修道院，夕阳初现。我们迅速来到了我无比期待的景点，坐落于维舍格勒的德里纳河上的桥。

我老远就看见这座宏伟、神秘、传奇的桥。

车刚停好，我人还没站稳，一位中国女孩就朝我们走来，她问我是不是同胞，并告诉我她遇到了困难。原来，她早上 11 点就从贝尔格莱德驾车来到这里，同行的是两个女孩，但车子抛锚了。

有个当地人很热情，主动帮她们把车子重新发动了，但出于安全考虑，建议她重新换一辆。但这位好心人不大会讲英语，看着同胞有难，当然要帮。

我把情况跟导游说了后，他非常热情，马上打电话帮忙联系，待事情安排妥当后，我们终于开始我此行最为期待的，与德里纳河及这座传奇桥梁的亲密接触。

也许读者不太清楚德里纳河，更不清楚为什么我如此青睐德里纳河上的桥。

德里纳河是塞尔维亚和波黑非常重要的一条河流，全长 340 多千米，流经很多的城市和乡镇。

德里纳河上的桥

提起这条河和这座桥，还得说说一位叫伊沃·安德里奇的前南斯拉夫斯拉夫作家。

伊沃·安德里奇出生于现波黑的特拉夫尼克，年轻时参加过爱国学生运动，“二战”后担任南斯拉夫文联主席。他的波斯尼亚三部曲：《特拉夫尼克纪事》《德里纳河上的桥》和《萨拉热窝女人》，为他赢得了 1961 年诺贝尔文学奖的殊荣。

来此之前，这三部书是我了解前南斯拉夫以及更早些时候历史的重要史料之一，通过阅读，我对作者产生了深深的敬佩。

生于 1892 年的伊沃，堪称世界级的文豪，他经历了前南斯拉夫及之前的历史，对这个历史悠久的国家和民族，有着深刻了解和热爱。丰富的生活体验，国家民族复杂多元的构成，历史上周边强国的不断侵略，世界外交军事的变幻莫测，这些元素都为他的作品提供了丰厚的养料。

安德里奇曾是“青年波斯尼亚”文艺团体的负责人，又是在萨拉热窝刺杀奥地利王储斐迪南大公的普林西普的朋友，他受普林西普的牵连，被奥地利当局逮捕入狱，后又被流放，1917 年才获得释放。

不难想象，曲折的职业生涯，南斯拉夫复杂的发展历程，都成为他丰沛的创作源泉。读他的作品，既是欣赏，更是思考。讲究的文字，深刻的哲理，跌宕起伏、百转千回的故事情节，相信看过他作品的朋友，都会对这些记忆犹新。

记得《德里纳河上的桥》最后部分有这样一句话：“人类最不幸、最可悲的弱点无疑就是他根本没有预见能力，这与人类无数的天赋、技艺和知识，形成截然相反的对照……”我遇到的这两位自驾的同胞，也是“不可预见”的一次经历吧。

无论如何，《德里纳河上的桥》概括了这个国家 450 年的历史，从 16 世纪中叶奥斯曼帝国统治开始，这座桥及附近居民经历了一系列重大历史事件，书中也描述了当地各色人等，他们有的善良，有的刁钻，有的慷慨，有的疯癫。瑞典学院在颁给安德里奇的授奖书上写道：“诺贝尔文学奖之所以颁发给你，是因为‘你以史诗般的气魄从你的祖国的历史中找到了主题，并且描绘了人类的命运。’”

↑ 国家公园

你好，萨拉热窝！（上）

2019 年 8 月 18 日晚 + 8 月 19 日

各位，知道瓦尔特吧，还有那部中国人颇为熟悉的原南斯拉夫电影《瓦尔特保卫萨拉热窝》？

萨拉热窝现在是波黑的首都，它一直以来一直以来就是一个具有传奇色彩的城市。20 世纪上半叶，因为特殊的地理位置，加之世界政治、军事风云变幻、波谲云诡，让萨拉热窝与“一战”和“二战”产生了千丝万缕的联系，比如“一战”导火线的萨拉热窝事件，“二战”的反法西斯主战场之一等。

如果您看过《瓦尔特保卫萨拉热窝》，想必会对前南斯拉夫在铁托（瓦尔特）领导下的游击战等故事记忆犹新，加上其他一些文学作品等，给中国观众留下了关于萨拉热窝的红色记忆。

其实，对于历史悠久、人文丰富的萨拉热窝，这个城市远不只是战争和革命，它有着美丽的风景，特殊的地质环境，还有非常浓厚的商业和贸易根基。就像诺贝尔文学奖得主伊沃·安德里奇在获奖作品《萨拉热窝女人》里描写的那样：“1906年的萨拉热窝！这是一座诸种影响彼此交织、诸种文化混杂、不同生活方式和对应的世界观互相矛盾冲突的城市……这座城市里东方风习和欧洲文明的融合导致了社会的特殊模式的出现，其社会最主要部分为了开创新的需求，寻找消费的新理由而同过去进行了成功的角逐……”

所以我在阅读《萨拉热窝女人》等文学作品时，对这个城市展开了想象，加之几部南斯拉夫电影的视觉画面，对这座城市，早有几分了解。

当然，近些年与萨拉热窝有关的景点和故事也层出不穷，其中包括大概有《萨拉热窝的罗密欧与朱丽叶》纪录片拍摄地，著名的埃菲尔铁塔设计者设计的“爱情桥”，以及那些五光十色的集市、咖啡馆、各种宗教场所等，难怪有人说，萨拉热窝是欧洲的耶路撒冷。

怎么样，是不是有想身临其境的冲动？

不管你们有没有，反正我是满怀憧憬。

这不，昨晚9点半，经过十几个小时的游历和舟车劳顿，在刚抵达萨拉热窝，办好住宿，放下行李后，我就直奔附近的喷泉广场了！

我住的地段叫巴什察尔希亚，属于土耳其风格的老城区，附近的建筑风格和店铺都以土耳其特色为主，这里也是萨拉热窝最具特色的城区之一。

来到广场，虽然已经快晚上十点了，但这里似乎刚刚进入它一天中最热闹的时候。

因为地理位置的原因，这么晚了，天空还是有点亮光，行人、游

↑ 喷泉广场的夜景 ↗ 街边的特色商铺

人、情侣们，把广场挤得满满当当。

不仅如此，数不尽的鸽子也在广场凑热闹，也许是游人宠爱有加，这些“营养过剩”的鸽子们，当它们肥胖的身体飞腾时，发出的声音十分响亮，也更增添了广场的热闹气氛。

翌日一早起来，我迅速赶去游览城市景点。也许经过了晚上持续的喧嚣和各种买卖交易，早上有些店铺还没开张，但我已经能看清那些像是迷宫般的集市，特别是橱窗里花花绿绿、奇形怪状的商品。此时此刻，我完全相信了安德里奇在书中描写的萨拉热窝的繁华景象了。

不过说实话，出于对此地历史和文化的厚爱，我还是快步来到计划中的几个地标景点。

我沿着穿城而过的米里雅茨卡河，从西往东行进。一眼望去，是看不见头的河流和无数的桥。原来，萨拉热窝是被河流和山脉包围着。

萨拉热窝大概有三多，即：“水多、桥多、山多”。此外，应该还有民族多、教堂多的特点。

作为波黑的首都，虽然人口只有 38 万，面积 140 多平方千米，但这里是主要几个民族混居的城市：例如，波斯尼亚族人占全市人口约80%，其次是信奉东正教的塞尔维亚族人，约占4%，还有信奉天主教的克罗地亚族人，占5%，其他占11%。

整个城市，仅宗教就主要有伊斯兰教、东正教、天主教、犹太教，但他们都和谐地生活在同一个城市。更有意思的是，他们其实都是欧洲人面孔。

萨拉热窝其实真的不大，比我想象的要小许多，我几乎可以用“小巧玲珑”来形容，真不知当年那些电影怎么会让人产生这里是大城市的印象？难道是城市的知名度太大，让人产生了错觉？

关于萨拉热窝的故事或景点，大都围绕着米里亚茨卡河和它上面的桥展开。

当我一看到米里亚茨卡河，就想起了安德里奇在《萨拉热窝女人》里描写的主人公在萨拉热窝的住宅，安德里奇在书中写道：“米

米里亚茨卡河

里亚茨卡河畔新教堂下边的一幢宽敞新住宅……”那幢发生了如此多传奇故事的宅子，到底在哪里呢？也许，那幢宅子早已被炮火毁掉，也许，变成了别的店铺，谁知道呢！

当然，能够找到的，确切无疑的，又众所周知的大桥，就是位于米里亚茨卡河中段的拉丁桥。

这座桥梁过去是木制桥，在洪水中被破坏，1798 年重建。1914 年 6 月 28 日，在这座桥的北侧，当时奥匈帝国的帝位继承者，弗朗茨·斐迪南大公夫妻正行驶在桥上，萨拉热窝的爱国青年加夫里洛·普林西普刺杀了他们夫妻。这成为第一次世界大战的导火索，也被称为“萨拉热窝事件”。为纪念这次事件，桥梁曾改名为普林西普桥，1992 年之后，人们将它恢复为拉丁桥。

历史很有意思，此前我想象的拉丁桥要比现实的大了许多，但其实走在桥上你会发现，这座桥太普通了，甚至有点窄小。但就是这样一架极普通的桥梁，与“一战”的直接导火索紧紧相连，也成为各国历史教科书中不可或缺的部分。

著名的拉丁桥

离拉丁桥不远，还有一座桥也与年轻的爱国人士有关，这座桥叫作弗尔巴尼亚桥。1992 年 4 月 5 日，两名反战学生，苏尔达和奥尔加，他们是恋人关系，也是反战勇士。当这对恋人出城时，在桥上被杀害，人们为了纪念他们，把这座桥命名为“苏尔达和奥尔加桥”。

拉丁桥旁边的纪念碑

1994 年，这个凄美的故事被拍摄成一部名叫《萨拉热窝的罗密欧与朱丽叶》的纪录片，所以也有人把这座桥叫“罗密欧与朱丽叶桥”。

这样浪漫的名称，似乎与残酷的对敌斗争不相符，因此波斯尼亚人并不认同这一叫法。

走完了河和桥，我来到了闹市区，这里还有一处与内战有关的纪念地，是位于城市中心的一处公园。这个公园是为了纪念在波黑内战时期，萨拉热窝遇害的孩子们而建的广场。广场上有一个中央为绿色雕塑的喷泉，这座雕塑是用天然玛瑙制作而成的，一大一小的两块玛瑙象征着母亲对孩子的呵护。

雕塑旁有几个金属圆筒，圆筒上标刻着在内战时期遇害的 1600 多名未满 18 岁的萨拉热窝孩子的生卒年，有的遇难时甚至未满周岁。

儿童纪念广场

广场后面是一片绿莹莹、长满青草和树林的小山丘，这里也是一个小型公墓，里面埋葬的大多也是内战时期死去的萨拉热窝人。想到残酷战争导致众多儿童死亡，以及萨拉热窝平民的无辜罹难，我拍摄了靠马路的一个花盆里的鲜花，以表达我对死难者的沉痛悼念！

也许城市规划者希望人们时刻保持警醒，雕塑对面就是萨拉热窝一座最现代的购物中心。鲜明的对比，时刻提醒人们不要忘记历史，也显示出波黑人民重建家园的信心。

各种有轨电车汇成一道风景线

你好，萨拉热窝！（下）

2019 年 8 月 19 日

结束了上午的自由行，下午两点，我参加了一个临时小旅行团。我们七八个来自不同国家的人，组成了小团队，共同参观市内和郊区的景点。

车上的导游是个学巴尔干历史的小伙子，硕士刚毕业不久，一上车就开始滔滔不绝地叙述波黑甚至是南斯拉夫历史，每经过一个比较有意义的建筑或区域，他都适时地说上两句。他还很恰当地对当下一些社会甚至是政治形势，抑或是生活习俗和文化传统，进行解说和点评。

第一处比较正式的景点是波黑内战地下隧道博物馆。

熟悉波黑或南斯拉夫历史的人都知道，1992 到 1995 年，波黑（波斯尼亚和黑塞哥维那）发生了因种族问题导致的内战。战争由最开始人们估计的几天，到几周，到几个月，最后延续了整整 44 个月。

↑ 狭长的地道　↗ 展览图片

由于战争持续时间很长，穆族武装在维和部队控制的萨拉热窝机场附近，挖掘了一条地下通道，希望能与机场另一侧的控制区连成一片。他们经过 4 个月左右的时间，挖成了一条长约 800 米、宽和高约 1.6 米的地道。抛开战争的背景不谈，完成这样的挖掘工程确实是不小的挑战。

我们抵达博物馆的第一个标志性“实物”是萨拉热窝玫瑰！

您别以为这是带有香味，象征爱情或浪漫的普通玫瑰，事实上萨拉热窝玫瑰与鲜血、死亡和毁灭画上了等号。

故事是这样的：波黑内战期间，成千上万的子弹和炮弹就像雨点一样落在萨拉热窝的土地上，联合国统计数据表明，萨拉热窝平均每天有大约 330 颗各种炮弹落下。而在 1993 年 7 月 22 日这天，萨拉热窝四周山上发射的炮弹多达近 3800 颗，每一颗都对如柏油路、人行道或建筑物等留下了弹痕。它们的外形就像花朵一般。

在有些镇上，这些弹痕被人们用树脂漆染成红色，并取名“萨拉热窝玫瑰”，这些特殊的花朵，也因此成为对战争中死亡居民的纪念。

这项玫瑰工程初期有100处被标记，但遗憾的是，它们中的许多因为各种如重建、居民搬迁等活动而消失。

离开玫瑰标记后，下一个要看的是战时地图展板和地雷展示区。

导游本人就是这次内战的亲历者，当他四岁时，他的父亲死于战争，他与母亲在极其艰难的条件了生存了下来。因此，当介绍那些黑白照片时，他所叙述的故事是鲜活的，有血有肉的，同时也是极为残酷的。

萨拉热窝玫瑰

站在 Trebeaic 山上眺望

比如，“内战”期间，所有民居楼都断水、电和燃气，而且维和部队供应的水只能按人头计。导游和母亲二人只能一天获取 12 升的水，今天的我们无法想象 12 升水怎么才能做到既要做饭，还要洗澡洗衣等，恐怕光饮用都不够。因此，当时的人们也是发挥了各种本领，利用雨水无疑会是大家都能想到的办法，但是容器也是个难题。据介绍，当时许多家庭都把家具、门窗等烧了做饭和取暖，因为，波黑的冬季非常寒冷，最冷的时候是零下 40 摄氏度。据导游说，大家想尽了办法取暖，有的女性有时甚至靠吸烟取暖。

离开地道博物馆，我们一行又到了 Trebeaic 山顶，从这里可以看见山下优美的风景，同时这里还是观看那些牺牲士兵和平民墓地的制高点。

犹太人墓地

导游口才太棒了，站在山顶，也许是微风适宜，导游简直口若悬河，他甚至讲到了当地的房价、物价等。不过，我一直痴迷于拍照，反倒没有记住他都说了什么。

下一站，我们去参观一处犹太人的墓地。

如果不说，你一定认为这地方风景太美了，但只有当你进入到墓地里面，走到跟前，看见那些希伯来文字的时候，你才会惊讶，怎么会有如此多犹太人的坟墓？

其实，这里也是欧洲最大的犹太人墓地，更让人没想到的是，此地是波黑内战期间的最前线，塞族共和国军队狙击手的据点就在此处。

然而具有讽刺意味的是，犹太人虽然在波黑的占比并不大，但犹

1984 年冬奥会场地

太人对波黑的贡献非常大。就像世界其他各地的犹太人一样，希伯来民族以善于经营，富有金钱著称，在波黑的犹太人也藏有巨大的财富。据导游介绍，他们由于躲避纳粹的迫害，有的人没来得及转移财富，就离开了波黑，这些财富现在都不知藏在什么地方了。

带着拍不完的景色，匆匆上了小巴车，我们驶向另一处与战争无关，却与体育娱乐有关的地方，那就是 1984 年萨拉热窝冬奥会雪橇滑道。

这个曾经辉煌的场所，现在看上去显得有些陈旧，甚至有点悲凉，它曾经是世界上 33 处最美风景点之一，要不怎么能被选为奥运场址呢？

看着那些破旧的赛道，我无法想象当年的盛景，更想象不出运动员如何在这样的赛道上奋勇拼搏；另一个问题就是，战后经济比较落后的波黑（相对其他欧洲国家而言），当时如何成为奥运会的举办地呢？也许是前南斯拉夫在当时具备相当的经济实力，也许是南斯拉夫体育的先锋地位，以及萨拉热窝严寒的冬季吧。

关于波黑人对体育的爱好，在滑道终点，可见一斑。

当时正好有个业余训练团队，就在那些废弃赛道上，坐上一种只有在巴尔干地区流行的滑板，带上头盔，就在粗糙的水泥地面上迅速向下滑去。从中，我们也算看到塞尔维亚人的勇猛和顽强的精神！

顶着日落的余晖，我们驱车来到最后一站——黄堡。

这是18世纪早期，建在萨拉热窝老城区上面的要塞，是波斯尼亚军队为防御奥斯曼帝国统治而建造的，也叫科瓦伊公墓。

这个曾与军事战斗结下不解之缘的地方，如今是恋人们约会的好去处。风景旖旎，满眼是绿色植被和姹紫嫣红的花朵，远近高低、错落有致。

不过，因为山顶没有围墙，曾经有个女孩为了拍照，一步步后退，结果不慎失足掉到山下，还好她是跌落在草地里，并无大碍，各位如果下次去，可得小心才是！

导游在此做了结束语，说如果愿意留下看日落余晖的人就可以脱离“小部队”，因为此处离旅社步行就十分钟。不知是不是因为车上的人都不年轻，或不浪漫了，我们都选择上车跟导游回去。

其实由于行程太紧，导游又太能说，我们根本就没时间互相认识，只知道一行中大概有两个英国人，两个西班牙人，一个澳大利亚

市内的永恒之火

人，还有两个中国人。

首先，我遇到的不少当地年轻人英文都很好，尤其是导游。他们不仅具备丰富的人文、历史知识，更能与游客讨论深层次的话题。对于他们这个年龄的青年而言，实属不易。

其次，关于波黑的历史问题也令人感慨。波黑从 12 世纪末建立波斯尼亚公国，15 世纪后被奥斯曼帝国征服，再到 19 世纪沦为奥匈帝国属地，1918 年并入塞尔维亚 - 克罗地亚 - 斯洛文尼亚王国，1929 年改称南斯拉夫王国，1945 年成为南斯拉夫联邦人民共和国的一个加盟国，1992 年宣布独立，又经过三年内战，可谓苦难深重。但是这里的人民非常勤劳，也很有修养，在内战后迅速恢复了国家建设。

从我在酒店遇到的游客，到在街上遇到的人群，我感觉这里的人非常具有现代意识，城市设施的建设也毫不落伍。恐怕需要更长时间的接触和了解，才能洞悉这背后的原因。

所谓“读万卷书，行万里路”，旅行本身就是一个不断学习，不断拓展认知世界的过程。旅行中的所见所闻、所思所想，会逐渐变为各种营养，滋养我们的灵魂。

在黄堡上的导游

探访诺贝尔文学奖得主的家乡

2019年8月20日

今天，大家与我一起去两个波黑中部城市吧。

一个是亚伊采（或亚伊策，Jajce），这是中世纪波斯尼亚国王的住地。

另一个是特拉夫尼克（Travnik），也是前南斯拉夫斯拉夫文学大师、诺贝尔文学奖得主安德里奇的故乡，这两个都是位于波黑中部的名城。

早上8点，我们在萨拉热窝的市中心上车，今天的导游有两位，主导游是萨拉热窝大学哲学系大三的女生，另一位像是她的师傅。

上车后导游稍微介绍了一下今天的行程。不一会儿，导游下车去了，再上车时提了个塑料袋，嘴里说好烫，还让我摸了摸。我猜这应该是她的早餐吧。

车子又走了一会儿，停在了某个小镇的一座建筑物前。

导游又下车了，并说如果大家愿意也可放松一下。导游说她去买吃的，一听买吃的，我开心又好奇，跟着她和司机走进了一个小店铺，哈哈，原来是买奶酪。

早就听说，波黑出产一种羊奶酪，原来，我们的行程里还有这个项目！

导游买了不少，然后她与司机把后备厢打开，把买的东西放在了隔断上，迷你早餐桌就这样准备好了！司机现在像是一家之主，还用英语招呼大家快趁热吃。

中午 11 点左右，车子开到了亚伊采的山顶。这是中世纪波斯尼亚王国的一处要塞，毁于 14 世纪。

要塞无疑是破败的，但站在高处一览众山的风景，依然令人陶醉。我们几个游客都被眼下的风光折服，甚至有些依依不舍，看着山上、山脚以及目所能及的满眼绿色，实在是感叹老天爷对此地的厚爱和眷顾。

城堡

地下教堂

下到半山腰，看见了另两处古迹，其实这是与山顶要塞合为一体的建筑群，也是奥匈帝国统治初期的建筑风格。

来到地面，有个洞口，导游说这是地下教堂，这可真是让人大开眼界了，各位是不是也很想下去瞧瞧？

没问题，跟好了，小心碰到头！

不看不知道，一看还真吃惊不小，里面可谓别有洞天。一个山洞套着另一个山洞。虽然有几个射灯，但还是让人看不清轮廓，这倒也更显神秘而深远。

在以要塞为主的小镇上转了转，我们去往另一个跟铁托有关的地方——现代南斯拉夫共和国的诞生地，这里也是南斯拉夫王国的诞生地。

这是个不大的地方，一走到诞生地博物馆附近，立刻觉得气温下降了一些，博物馆四周不仅有大量的植被，还有潺潺溪水，鸟语花香，沁人心脾。

导游带领我们进入一处不起眼的建筑物里，从外表看就是 20 世纪四五十年代的风格。

大厅门很小，白色的门框很有现代感，但进入大厅后，立刻让人回到了 70 多年前的场景。

只见挂着国旗、四周都是红幕布的舞台中央，一座小型的汉白玉半身铁托雕塑正注视着我们；再看看四周，除了跟共和国有关的各种材料，包括铁托和战争报道等照片外，墙上还挂有马克思、斯大林、罗斯福等人的照片。我问了下导游，舞台上方的口号是什么意思，她回答道："大概是打倒法西斯，自由属于南斯拉夫！"边说边右手握拳，然后放到右太阳穴的位置。

我又问了下左边的口号标语，大概意思是："铁托万岁"，它旁边就是"南斯拉夫万岁"！

南斯拉夫博物馆，协议就是在这张桌子上签署的

这里之所以具有重大纪念意义还在于，“二战”期间，1943 年 11 月 29-30 日，南斯拉夫反法西斯人民解放委员会（AVNOJ）第二次会议在此举行，会议通过决议，宣布南斯拉夫是各民族平等的国家，于是 11 月 29 日这天就成了南斯拉夫共和国日。

我们又坐了会儿车，很快就到了今天的重要景点之一，一处绝美的瀑布。

说它“绝”是因为，这是世界上唯一位于城市中心的自然瀑布；说它“美”是因为，它不像其他很多著名的瀑布那样，规模很大，这个瀑布很小巧，从百十来米远的地方可以一眼览尽。此外，它旁边长有众多的花草树木，瀑布分四层级下落，最后流入弗尔巴斯河。据说，经常有人在此瀑布跳水，但有一次有人跳入水中后，就再没有出现。也难怪，这里的瀑布落差高达 30 米，比国际上正式比赛的 10 米高台跳水，不知要难上多少倍。

城市瀑布

比跳瀑布危险系数低的项目，是在旁边河流上举办的划艇比赛，看那水势和地形，估计也还挺有挑战性。

看过了高落差的流水和湍急的河流，又在建于中世纪的水磨坊停留少许时间，我们驱车前往特拉夫尼克市。在午餐准备好之前，让我给读者介绍下这座城市。

特拉夫尼克是奥斯曼统治时期总督府所在地，也是安德里奇的诞生地。这个城市有深厚的文化底蕴，古迹众多，环境也十分幽静。关于特拉夫尼克市，国内的介绍很少，我尝试着从安德里奇的获奖书籍《特拉夫尼克纪事》里，抽取一些。

安德里奇是这样介绍特拉夫尼克的："这个城市不过是一条狭窄幽深的峡谷，人们一代一代地开凿、修筑，建成了一条牢固的长廊，做了自己长住久居的处所……两边的峭壁延伸到谷地，相交成尖角，只有一条狭窄的小河和一条狭窄的小路通过。它像一本半打开的书，两页上有花园、街道、房屋、田野、坟丘和清真寺，清清楚楚，仿佛画出来的一样。"

当然，书里说的是 19 世纪的特拉夫尼克，但时至今日，城市的格局似乎并未改变，旁边的山还是维列尼查山，山谷中流淌的还是夫拉什契河和舒梅契泉水。

怎么样，能想象出来了吗？

好了，精神和物质食粮都满足后，我们该去领略下这座历史古城的风貌了。

先让我们来爬山吧，虽然这只是一座小山丘，却是奥斯曼统治波黑时期保存最完好的要塞，它建于 14 世纪，目前看依然像是原

↑ 雅依蔡附近的水磨坊　↗ 特拉夫尼克 Plsbs Voda 的泉水溪流

生态。

站在要塞最高处，你又可以俯瞰全城了。正前方的一座老宅，就是著名的文学大师的家宅了，现在被改为博物馆。这真是不容易，如果大师今天还活着，一定会觉得万幸！因为他的房子躲过了战火，也躲过了民族和国体分裂的不幸。此时，我不由感慨，安德里奇故居的保留，是对保护人类文化遗产做出的重要贡献。

与导游边下山，边说起大师后人的情况，但很遗憾，导游说，安德里奇的子女基本默默无闻，并未取得什么伟大成就，没人知道他们都在哪，在做什么。

说着说着，只见一美女正坐在要塞的一处围墙上，把头埋在了胳膊里，导游说她可能是在哭泣。我说，没准儿她在构思小说，在安德里奇的故乡，难免会有怀揣文学梦的年轻人，正在酝酿着他们的处女作。

我们再往下走，忽然发现这位美女不见了，过了一会儿，她又回到了先前坐的地方，还带来了一名男生。看来，在文学大师的故乡，爱情故事也许遍地都是，而这里优美超脱的自然环境，正是上演这类故事的绝好地方。

离开要塞，我们来到舒梅契（Plava Voda）泉水流淌的地方，这个景点也叫蓝色水体，这里最适合来杯咖啡了，抑或来壶茶也是相当美妙的。不知当年大师写《特拉夫尼克纪事》时，是不是在此喝过无数的咖啡、吃过不少羊奶酪……

我顺着小河边，寻找着书里提到的那家“卢特维纳”咖啡馆。作者写 19 世纪的故事时，就说这是家年代久远的咖啡馆。咖啡馆的花园里，有一处岩石，随着时光的流逝，它早与周围的树木、石子和泥土融为一体了，大家把此处称为“沙发”。这名字代代相传，安德里奇在《纪事》中写道：“在城市居民中，‘沙发’就已有一定的社会政治意义了，在‘沙发’上谈到和议论过并得到首肯的事，人们都认为，这与酋长们坐在总督府真正‘沙发’上做出的决议具有同样的

安德里奇故居就在那些小屋子丛中

意义。”

顺便说一句，这儿的泉水超级凉。《特拉夫尼克纪事》开篇第一句就是：“特拉夫尼克商业大街的尽头，有一眼叫作舒梅契的泉水，水流汩汩，冰冷彻骨。”而现在的人们都喜欢把饮料、西瓜等放在水里冰镇着，连萨拉热窝的自来水，也都来自泉水，且都是可直饮的。

特拉夫尼克除了自然景色优美外，更值得称道的还是它的人文特色。

且不说诺贝尔奖获奖作品的传世作用，以及大师本人的不朽威望，其他很多的人文设施也都值得游人观看。

为了体验多元的文化，我们打算进入附近的一处彩色清真寺，还有一处著名的钟塔，特拉夫尼克是清真寺和钟塔并存的地方。但遗憾得很，清真寺正在做祷告，考虑回程还有很长的时间，带着些许遗憾，我们没有进入清真寺亲身体验。

↑ 当地著名的羊奶酪

波黑之珠莫斯塔

2019 年 8 月 21 日

莫斯塔是个地名，位于波黑内陆，虽然不像“东方明珠”香港那样位于港湾，它却是一颗陆地上的璀璨珍珠。

今天，我们还随昨日那家旅行社一起，前往波黑的东南部，特别是黑塞哥维那的几个著名景点。

先大致说下波黑的地形吧。

波黑东邻塞尔维亚，东南部与黑山共和国接壤，西部及北部紧邻克罗地亚。虽然国土总面积只有 5 万多平方千米，但由于特殊的地理位置，以及历史上的分分合合、所以它的行政区划分和文化背景等都有点复杂。仅从地形看，黑塞哥维那因为靠近波黑西南部，而且以地中海气候为主，它与我们前几站去的波斯尼亚地区完全不同，夏季非常炎热。

车子路过萨拉热窝郊区、中部波斯尼亚田园风景及美丽的依凡

（Ivan）山后，很快就进入了黑塞哥维那地界。

此后，我们开始有点“走下坡路”，因为黑塞哥维那纬度较低，自然环境也随之发生了巨大变化。这会儿，我想起了昨天司机大哥跟我聊天时说的话：“黑塞哥维那那边可热了，会有 50 摄氏度。”当时，我就被吓惨了。我问他是不是只有今年这样，他说不是，去年也很热，而且去年还发大水了，淹了很多村庄。这是不是气候变暖带来的变化呢？不过转念一想，这里原本就是地中海气候啊！

我们的首站，就先走马观花一下吧，主要游览下柯尼茨（Konjic）镇的老城区。这里的风景与众不同，它是史前人类居住的遗址。

小镇的招牌是一座建于 17 世纪的老桥，它由六个拱形支撑着，事实上，现在的桥不是原来的模样。1945 年“二战”的最后一天，纳粹德国撤退时，把这座桥炸毁了，现在的桥是重建的，只有最右边那个桥墩是“原配”，因此这里也有“人类愚蠢纪念碑”的说法。尽管如此，经过大自然的风雨侵蚀，这座桥还有整个小镇，都仍像是隐约浮现在绿松石色彩般的尼瑞塔河上的一颗明珠。据介绍，这里常年阳光灿烂，而我们今天的行程，就始于明媚的朝阳。

柯尼察桥

莫斯塔老石桥

莫斯塔是波黑的一个行政区，我们要观看的主要是一座老桥和附近的街道。

莫斯塔实在太出名了，即便没有来过的人，也许都有所耳闻吧？比如莫斯塔三宝：老桥、集市和老镇。关于老桥，还实在有几分特别。一是极其罕见的单孔桥；二是桥体全是大理石建造，包括桥面都是石头的，隔几十厘米就有一个隆起的石条，大概是为了谢绝马车上桥吧。

其实，不平坦的不只是桥面，关于造桥的历史也是跌宕起伏。老桥始建于 16 世纪，1993 年毁于莫斯塔包围战，2004 年重建后开放。莫斯塔桥现高 28 米左右，也许是此桥特殊，高低适度，环境又十分优美，从 1968 年开始，当地就组织正式的夏季跳水比赛，每年都吸引大批游客观看。据说，古桥跳水活动最早记载于 17 世纪，当下虽然不是举办跳水比赛的时间，但我在桥上也领略了野式跳水，而且还看见一个小伙儿跳水前用一顶帽子来“收门票”，哈哈，真是发财有道啊！

据说落日或晚霞才是莫斯塔及老桥最美的时刻，也许各位可以选择傍晚时到达莫斯塔。不管怎么说，莫斯塔的美景实在太令人难忘，难怪旅行社的介绍里会说：“如果我们把黑塞哥维那所有景点当成一串项链的话，那莫斯塔就是这串项链里最重要、最耀眼的那颗。”我想，莫斯塔不仅仅是颗珍珠，它是颗永远闪光的钻石。

看完了桥，我们再看此地的路吧。

莫斯塔小镇的老城区道路是鹅卵石的，经过时间的磨砺，人脚的摩擦，它们在阳光下闪闪发光，时不时让人泛起穿越的感觉。

小镇虽不大，却有个不小的博物馆。这个博物馆很有特色，大部分都是实物展品，如家具、器具和服装等，还有许多珍贵的历史照片。从这里，人们很容易了解小镇的过去和现在，关于20世纪90年代内战的照片还真不少，可见当地人对那场战争的记忆刻骨铭心。

从沉闷的历史中走出来，我们来到内瑞塔河谷。导游说什么，我已经没心思听了，手中的相机被眼前的美色深深地吸引住了。

如果说，莫斯塔是珍珠或钻石的话，那下一站就可以被称为活化石了。

我们即将看到的是中世纪的一座城堡，名叫Počitelj。Počitelj在波斯尼亚语中即是“在静谧中休息”的意思。加上镇子中心处于一个山坡上，这使得小镇如亭亭玉立、婀娜多姿的少女一般。刚一踏进入口处，我们几乎就像回到了中世纪，除了那些李子树和石榴树外，一切都是原生态的。

这个小镇不仅景色宜人，而且很有文化涵养，有文字记载的历史就长达600年，此外还有哈吉阿利亚（Hajji Alija）清真寺、钟塔等。今天我们看见的景致，其实也基本是中世纪奥斯曼统治鼎盛时期的格局，加上附近奥斯曼时期的要塞，小镇是波黑极少数几个至今仍保存完整的城镇聚集区之一。就连导游也自豪地说，这是她最喜欢的景点，她本人也经常来此欣赏美景。

这里最重要的经济作物就是石榴，这儿的石榴完全不用人打理，都是野生的。到了秋天，满树通红的石榴煞是好看。不过遗憾的是，因为这里的生活条件艰苦，很多人都离开了城堡，目前只有一位妇女还在以石榴为生，整个城堡也只剩下10户人家了，总共不到50人。

离开此地，我们就要去吃午饭了。今天吃饭的地方位于Buna河边，河里出产一种很特别的鲑鱼。

活化石城堡鸟瞰

悬崖边的清真寺

享受了当地的美食，我们再来“品尝”一下当地清真寺的“味道”。

我们要看的这座清真寺太特别了，不仅造型独特，且专属于托钵僧。它建于16世纪初，是座波黑伊斯兰风格建筑中特有的骶骨状住宅，在这里游客可以了解波黑托钵僧的生活场所和活动日程，这是波黑历史中非常重要的部分。

寺庙的美不仅体现在建筑物上，还体现在其所在的位置。它处在悬崖边，垂直立于水上，但我们不知它到底修建于什么年代，导游请当地的穆斯林阿訇给我们做介绍，他的英文实在蹩脚，我们几乎一个字没听懂。但有意思的是，说着说着，他突然离开了，然后，忽然听见他在走廊上诵经，那虔诚、清晰、洪亮的嗓音，相信附近很多的居民都能听见，并跟着默诵吧！

离开仙境般的山水之地，就该奔赴今天最后一站了——亚布拉尼察（Jablanic）湖。这个湖也许并不有名，但河上那座垮塌的桥就不

捷普拉尼卡断桥

一样了，这里是曾经发生过南斯拉夫斯涅雷塔之战（或战役）的地址，当时捷普拉尼卡大桥被炸毁。20 世纪 60 年代，为了纪念这一战役，也是为了突出铁托的丰功伟绩，摄制组专门造了这座桥，拍摄电影时，第一次不成功，然后就又炸了一回。

一天的长途旅行结束了，我们回到了拥挤而热闹的萨拉热窝。

古老的小镇

铁托隆兴地之行

2019年8月22日

今天是本次塞尔维亚、波黑旅行的第七日。

到昨晚，波黑的旅行就画上句号了，从今天开始，我将带领各位返回贝尔格莱德，但在中途，我们要去拜访下塞尔维亚两个中部城市。

早晨6点，收拾好行李，出租车司机已经在楼下了，我拎着行李，到了门口，司机帮着把行李放到了后备厢，他边放，边说行李好大，还掂了掂行李，当时我并没在意。

六七分钟后，车子到了萨拉热窝长途汽车站，交给司机15马克（约人民币60元）后，他说还有行李的钱，相当于人民币8元。我当时生气了，说怎么行李还要收费。司机拿出一个小册子，说这是公司的规定，不是乱收费。看来他是诚实的，人家最开始已经暗示了，你的行李很沉嘛。后来我就知道了，这是惯例，至于合不合规，或许就是“存在必有理”吧！只是各位以后去要记得，出租费并不便宜的，

↖ 乌日策的街道　↑ 夜晚的宁静

尽管其他大部分东西都比较便宜。

经过约六小时的长途旅行，中午一点多，终于到达了目的地乌日策。不过好在波黑和塞尔维亚的自然环境非常好，一路上，尽管都是山路，且曲曲弯弯、起起伏伏，但满眼所见，都是碧绿的山坡和清澈的河流，也算是不那么乏味吧。

不知道各位是否了解乌日策？

乌日策是位于塞尔维亚西部的一个小城，是兹拉提波尔州首府，人口只有八万左右。“二战”期间，这里是南斯拉夫反法西斯游击队司令部所在地，也是当时乌日策共和国的中心和塞尔维亚地区铁路中枢。尽管科索沃战争中，乌日策也遭到过北约军队轰炸，但它目前仍是塞尔维亚中部第三大城市。

乌日策在塞尔维亚的城市里，虽然不算太小，知名度也还算高，但对于国内的游客，一般都不会在此游览，大多只在这里停留一晚，然后第二天一早，迅速赶往我前面介绍过的木头城，乘坐小火车等。

我之所以选择来乌日策，其实主要原因是，这里曾是巴尔干地区或塞尔维亚中世纪时的战略要地。更为重要的是，它是铁托的福地，或叫隆兴之地。

之所以乌日策被称为“铁托的福地”，是因为1941年4月间，德、意法西斯军队曾以20多个师的兵力占领了南斯拉夫。6月，铁托趁德军深陷苏联战场，于是带着队伍起义。希特勒很生气，后果很严重，派出军队进行了7次围剿，大概运气不佳，次次惨败。在铁托的领导下，游击队迅速发展到几万人，并最终占领了乌日策。

随后，南共中央决定，成立以铁托为总司令的南斯拉夫人民游击司令部，在全国范围发动了七月起义，以乌日策为中心，在塞尔维亚西部山区，成立第一个解放区，乌日策随即成为全国反法西斯运动中心，也就是“乌日策共和国”。别看现在乌日策才8万人口，可当时的解放区人口约100万，占地1.5万平方千米，是原南斯拉夫地区抗击法西斯侵略的强大和坚固的根据地。

不过，因为原南保皇军和德国人勾结，联合进攻乌日策，仅存在67天的新政权轰然崩塌，铁托带着队伍继续和德军打游击。

经过两年的艰苦奋战，包括苏捷斯卡战役等大小战斗，1943年，铁托被南斯拉夫选举为临时政府主席，并被授元帅军衔。1945年5月，南斯拉夫在铁托带领下，终于打败了纳粹德国。11月，铁托任南斯拉夫人民共和国部长会议主席。1974年，铁托成为终身总统，直到1980年5月4日逝世。

好了，言归正传。

大巴车快到终点站了，我联系了民宿的房东，她说好在门口等

我。等我拖着行李到跟前时，发现原来还是个很年轻的女子。我们迅速认识了一下，然后往她的寓所赶去。

到了门口，她演示了如何在退房时将钥匙放在墙上一个保险柜里，同时把密码说了下。演示完后，她关上小铁门，铁门像个信箱似的，一点不起眼。之后，房东就离开了。

进入房间，刚开始没太看出来，因为地毯颜色是灰的，加之墙面也是灰色的，不太吸引眼球。但通过仔细端详，我发现，这个民宿相当高级，而且十分干净，可以说一尘不染，对于我这个有点洁癖的顾客来说，当时就决定给满分。说实话，在这儿的几天里，我已经发现塞尔维亚和波黑这两个国家生活水平都还不错，尤其住房条件相当不错，不仅住房保障性高，而且设施和条件相当现代。

好了，我们去大街上看看吧。

乌日策很小，但这不影响它的地位和市容市貌，其实相对于这样一个人口规模的小城市（比我们乡镇还小），乌日策的城市景观比我想象的要好。不过，

↓ 昔日的要塞

↑ 乌日策的博物馆军事特征明显　↗ 博物馆内的展品

话也说回来，城市大小我是不关心的，关键是人文背景。

于是，首个景点，我打算去看一个考古遗迹，但非常遗憾，那里正在修缮，于是只好去博物馆。

博物馆很大，有两个建筑物，不过可看的内容十分有限，且工作人员不会英文，我只好自己走马观花。开始时，馆员带我去了博物馆后面的一个山洞，原来这是“二战”时的兵工厂，真是让人眼界大开。这里不仅大，而且十分凉爽，一下解决了我满头大汗的窘况。在波黑，很少有地方有空调，除了饭店和个别地方。所以在这个洞里，我尽量多停留了一会儿，尽管并没有多少展品可供浏览。

下一个必须打卡的地方是一处废弃的要塞。

据介绍，市政府正在整修这个地方，希望把它变成一个旅游景点。根据考古学家的结论，这个要塞的最早部分建于 12—13 世纪尼曼雅王朝时期，但因为无法考证，它最早的主人依然不得而知。14 世

↑ 乌日策的涂鸦

纪时，围绕这个地区的一场小规模战争被记录下来，这处要塞才出现在了文学作品中。

要塞周围的河流清澈蜿蜒，有个美丽的名字叫埃廷加河，当地方言意为“孩子的河”。之所以取这个名，是因为在奥斯曼占领期间，大量当地儿童被用作苦役，不听话或虚弱的儿童会被士兵从山顶要塞上，扔进山谷里，因此得名。

从山顶要塞冒着炎热回到市内，逛了逛书库发电站和城市沙滩，已经临近傍晚，买了点当地的面包和熟食，就算解决了进餐问题。说实话，这里风景是优美的，但饮食不是那么合中国人胃口。

不过，这个小城里的人艺术感特别棒，墙上涂鸦水平了得！城市也干净整洁，还算不错的一个小城市。

抗争·纪念

2019年8月23日

在塞尔维亚和波黑旅行，乘坐城际间的大巴车是最经济的交通方式。今天，我们赶往塞尔维亚的南部城市尼什。

8点起床，到汽车站后，买了8:45去尼什的车票。进入站台，我开始找厕所，好不容易在院子角落里发现了一个。迅速上完厕所，回到站台，正好大巴车开始上人了，大家都在排队，工作人员先是看车票，然后把乘客的行李一件件放入汽车底部行李处，行李上贴着一半不干胶字条，另一半则由乘客本人保存。但上车时，我们又被收了40第纳尔，估计大巴车是被承包了。

好了，旅途需要大约五个半小时，我们先来聊聊尼什这个城市吧。

尼什是塞尔维亚南部最大的城市，也是仅次于首都贝尔格莱德和诺维萨德的第三大都市，它位于南摩拉瓦河支流尼沙瓦河畔。市区人口63万，是南部的文化与经济中心，也是一座新型的工业城市，还是国际铁路枢纽。

城东南有个疗养胜地，尼什卡矿泉村温泉，公元2世纪初见于史籍。尼什是欧洲最古老的城市之一，在古代就被认为是连接东西方世界的重要通道。早在铁器时代，古代色雷斯人定居在这里，罗马皇帝君士坦丁和康斯坦提乌斯三世均出生在这座城市……

尼什这个城市不大，也不那么出名，我们还是来看看沿路风景，然后再给大家讲讲我偶遇的故事。

车子经过波热加、查查克后，很快就到了克拉列沃。又行驶一阵后，大家已经昏昏欲睡。这时大巴车停了，我看了看地图，原来是到弗尔尼亚奇卡矿泉镇了。在这下去了不少的乘客，上来一位妇女和她的女儿，母亲一看就是个吉卜赛人，母亲和孩子个头都很小，也很瘦，只听母亲一直扯着嗓门高声说话，从前头一直走到最后一排都不断声，坐下后还在那嚷嚷。

我扭头看了下她的女儿，只见她正在玩手机游戏，这位母亲在高谈阔论了好几分钟后，开始放音乐了。慢慢地，声音小了许多，我估计是女儿手机的游戏声。有意思的是，本来十分安静的车厢，在这个吉卜赛妇女的熏陶下，开始嘈杂起来，大家都开始说话了。其实生活中，有时就是这样的，本来大家都很遵守约定俗成的规矩，但是一个突如其来的变化，往往就打乱了某个小环境里的秩序，大家也都会从众，或受感染，于是形成了另一个整体状态，这也是一种潜移默化或者相互影响吧。顺便说下，吉卜赛人在塞尔维亚人群中的占比虽然很低，但还是不时能看见。

下午2:15，我终于抵达尼什。步行八九百米，就到了民宿，这次

红十字集中营

我还是把住宿地点选在了城市中心。

来接我的还是一位年轻的塞尔维亚女房东，进屋后她说了些注意事项，我付完账后，就迫不及待地向景点出发了。

考虑到红十字集中营四点关门，首站就奔那去吧。只是太遗憾了，等到了现场，工作人员说不能进去了，因为还有十分钟即将闭馆。哎，好不容易找到的景点，却只能望馆兴叹了，我只好请她允许我走进院子拍照留念。顺便说下，这是一个纳粹占领时期的集中营。

从这出发，我乘车去第二站头骨塔。

这是一处与黑暗和悲伤有关的景点，也是塞尔维亚人反抗外敌入侵的纪念地。19 世纪初，塞尔维亚人为了反抗土耳其暴政，举行了多次不同规模的武装起义。1809 年，尼什大约有 1.6 万人参加起义，起义将领名叫辛杰利奇。土耳其派出了 4 万人的军队来镇压，起义军大约牺牲 4000 人，而土耳其人则有大约 1 万人阵亡。最终，起义失败，辛杰利奇牺牲。土耳其军队虽胜利了，但损失惨重，指挥官命令将阵亡起义军将士的头骨，筑进一个用沙子和石灰建的塔上，辛杰利奇的头骨放到了最高处。

这个骷髅塔建成后，最早是露天的，后来，阵亡的塞尔维亚人亲属，悄悄地将自己亲人的头骨偷走，重新埋葬。随着时间的流逝，塔上骷髅也就越来越少了。据说，后来土耳其人甚至想将这座骷髅塔带回去，他们自然不会如愿。1878 年，塞尔维亚独立后，塔里骷髅只剩 58 颗，政府决定立刻加盖建筑物来保护。其实，这个建筑物也是一个教堂，它无疑成了爱国主义教育基地和宗教场所的复合物。

今天的行程，看来注定要与战争相关了。离开骷髅塔，我本来要

头骨塔

去参观罗马时期的宫殿遗址，但因为正在维修，只好放弃了这处原计划中重要的文化遗址，这座宫殿是君士坦丁大帝父亲建的，应该非常值得观看。

算了，不如到市中心逛逛吧。其实，尼什城虽不大，但还挺有现代气息，颇有点艺术范儿，甚至有几分巴黎的感觉，咖啡馆、餐馆、商店、艺术品店等，都让人想坐下来，或走进去逛逛。

趁天还没黑下来，我迅速赶往尼什的二战纪念碑。这里曾是“二战”期间德军处决当地塞尔维亚人民的场所。那三个孤零零的纪念碑是 1963 年建的，寓意三个拳头，分别代表儿童、女人和男人反抗非人道的待遇。

从纪念碑公园出来，天色已经完全黑了，我迅速往城里奔去，还有一处重要的景点没看，那里也与当地人坚持斗争、保卫城市有关，那就是尼什城堡（或古堡）。

二战纪念碑

尼什古堡是巴尔干半岛中部保存最完整的土耳其城堡，建于1723年，古堡下面就是被湮没的罗马古城。尼什城堡其实已经看不到多少要塞的元素了，可以说只是城市中心公园而已。紧靠尼沙瓦河旁，是一座废弃的土耳其城堡，原来城堡中曾经有军械库、土耳其蒸汽浴室、土耳其邮局、巴利清真寺和监狱等建筑，现在城堡内多数建筑仅剩废墟，其中有一座清真寺较为显眼，其他几乎都看不太清了。

因为天色已晚，本来就没什么遗迹的公园，更显得空荡荡的，于是我决定明天再来。

在离开公园门口的拐角处，我突然被一阵优美的音乐声吸引住了。原来这里还有个剧场，舞台上有几位美女正在练习，大概是为明天开幕的电影节做准备，这可真称得上是意外之喜，也算是对今天未能如愿参观的景点的极大补偿！

意外惊喜

令人惊艳的新帕扎尔

2019 年 8 月 24 日

各位一定知道萨拉热窝吧，但你知道迷你萨拉热窝吗？

不过，在聊迷你萨拉热窝前，我们补充点有关尼什的故事。

正如我昨天说的，要在白天返回古堡。清晨的古堡确实与夜晚不同，绕城一周后，我准备沿路返回酒店。就像昨晚的惊鸿一瞥一样，今天早晨我也发现了“新大陆”。

不知是不是周末的原因，我站在城堡的一处空旷高地上，低头往下看，好家伙，黑压压的一片，有好几百人之多，地上摆满了各类物品。当时我很难判断这是跳蚤市场，还是早市。也许是两者的混合物，看样子，好像衣服居多。我在欧洲旅行，也经常会看见跳蚤市场，尤其是周末。

塞尔维亚人的很多生活习惯和思维方式，是与欧洲人更接近，比如跳蚤市场；但如果是早市，就更像亚洲了。关于塞尔维亚应该被算作东方国家还是西方国家，这还真值得专门研究。记得安德里奇在他获诺贝尔文学奖的三部曲里，经常把塞尔维亚（包括南斯拉夫）称为东方，特别是在 20 世纪前。

无论如何，反正这个市场的规模让我大吃一惊，估计至少有上千平方米。看样子，这个集市应该早就开张了，而现在才 6:40 左右。

回到酒店，我拎上行李就直奔大巴车站了。原计划是搭乘 8:00 的车，但售票处告知，只有 10:00 的车，我不放心，又去问讯处问，给我的答复是下午 3 点。问讯处和售票窗口仅相距 10 米，怎么会这样呢？在求助房东仍未解决后，我只能等。

9:40，车子终于来了。补充一个小贴士，进站是要买进站票的，60 第纳尔，约 4 块人民币。

上车后，我给司机看我要去的地名，但被告知目的地新帕扎尔（Novi Pazar）没有车站。司机的英语太蹩脚，但人很热心，他叫来一个会英语的，尽管这人英语也不流利，但多少能交流，反正连比带画的，把事情弄明白了。然后这位会英语的老哥与司机沟通后，告诉

清晨的城堡门

清晨的尼什城堡

我，司机会在一个离我要去的地方很近的地点停下。我非常感谢司机的周到热情，也非常感谢“翻译”的桥梁作用，以及他们最后的科学决策。

10:00，大巴准时离开尼什，想想这个既让我留恋，也让我心急的小城，心里还真是五味杂陈。

但在前南地区，长途旅行安全性很高，无论是在塞尔维亚还是在波黑，我发现，所有长途车都是两个司机轮流驾驶，这种安排还是比较科学和规范的。不过，这些司机也很辛苦的。在塞尔维亚和波黑，城际间交通主要是靠大巴车，火车据说不太靠谱。

好了，反正还有很长的路，我们先来说说新帕扎尔。

新帕扎尔是塞尔维亚南部城市，人口 15 万，在拉什卡河谷盆地中。14 世纪中叶起，这里就作为商业中心而闻名。南斯拉夫共和国成立后，逐渐有了很多工业，例如纺织业等。它是桑扎克地区主要的经济和文化中心，也是这一地区最大的城市。拉什卡河等河流横穿城区，是一座秀丽而具魅力的城市。

新帕扎尔历史古迹众多，城里有罗马浴室、古老教堂、中世纪城堡和壁画等，还有巴尔干半岛规模最大的清真寺。

下午 3 点，司机停下车告诉我，已经到了。我看了下地图，这是离我民宿很近的地方了，大约只有 2 千米。我看了下四周，旁边就是加油站，两边都是群山。

好在离民宿不远了，我拖着行李往前走，越走心里越发慌，不是天黑害怕，而是这马路实在太窄了，路边又没有人行道，车子都开得飞快，能走的地方都是石子路或土路。算了，我还是给房东打电话吧。

这次房东是个小伙子，我稍等片刻，他开车来接我，我们到民宿时差不多是 4 点。我们商定，4:30 楼下见，然后出发去景点。

车子往郊区方向行驶，他边开车边自我介绍。他说自己拥有 9 处这样的公寓，还有两个卖女装的商店，和其他一些生意。我看了看他的样貌，问道：

“你这么年轻就这么富有，看上去你不过 30 岁吧？”

他笑了笑说：“再年轻点。”

我又猜：“25 岁？”

估计他觉得我猜不到了，就直说了，22 岁。这可真令我刮目相看了。他戴副眼镜，个子很高，身材结实，能一个人打理这么多生意，我是怎么也想象不出的。而且，人家还是在校大学生，学的是建筑，与做生意风马牛不相及啊！不过，他父母都是做生意的，这大概就是耳濡目染吧。他还给我讲了个自己的糗事。

他的姑父是他所在学校的教授，教建筑学，上学期期末考试时，三个学生不及格，其中就有他一个。他姑父要求很严格，一点没有徇私情，一来是一视同仁，二来也是杀鸡给猴看，给大家做个榜样。不过这小伙儿说，等补考时，他考了第一。他在姑父的教育下，打算接着攻读硕士。真希望他能多花一些时间在学业上，而不是生意，因为他要学的是城市规划专业。

小伙儿不仅富有，知识也很丰富，他介绍，新帕扎尔是所有欧洲城市里最“年轻”的，虽然只有十几万人口，但很多人在德国工作，很多人还在德国娶了媳妇，每年暑假，他们回来探亲，人数多达2万。回来后，在这里盖房投资的人也很多，因此新帕扎尔可谓生机勃勃，大家都忙于做生意，机会多，也汇聚了很多的年轻人。他说，这里每个家庭平均拥有3—4个孩子，出生率是正数，而其他城市人口是负增长。

一路上，的确能看见很多在建的房屋，它们风格迥异，但都很高档。说着说着，我们就到了第一站索波查尼（Sopoćani）修道院。

索泼查尼修道院位于拉什卡河的河谷中，也就是古老的斯塔里拉斯地区。这里曾是拉什卡地区和中世纪塞尔维亚的中心，斯塔里拉斯曾是塞尔维亚的第一个首都，如今这里只留下一些中世纪的建筑群。

索泼查尼修道院是三位一体的教堂，建于13世纪，乌罗什一世国王索泼查尼根据他祖先的传统风格，捐资修建了这座教堂。中世纪时，这里相当繁盛，有100多名僧侣。14世纪初时，在教堂前面增加了一个带有尖塔的外部开放的画廊。这座教堂装饰以湿壁画为主，教

索泼查尼修道院外景

堂内部壁画据说是拜占庭时期最感染人的作品之一。壁画完成于1265年，是西欧和东欧艺术交汇融合的缩影。这个修道院在中世纪塞尔维亚美术界拥有重要地位，1689年之后，由于奥斯曼帝国的入侵，修道院被废弃。20世纪后，修道院得到修复。1979年，修道院与斯塔里拉斯附近的一些残破遗址一起，被列为世界文化遗产。

时候不早了，从索泼查尼修道院出来，我们往圣乔治修道院赶去。这座修道院的背景不详，只知道建于1171年，1979年也被列入世界文化遗产名录。这个教堂，除了有一些湿壁画外，设施也很棒。顺便说一句，这儿的很多修道院是可以住宿的。更巧的是，要离开时，正好赶上僧侣敲钟，那声音真是响彻天空，余音绕耳。

好了，最后一站就是神圣使徒教堂，这名字是不是听上去就很神

↑↗ 索波查尼修道院内的湿壁画

圣啊？

这是塞尔维亚最古老的教堂，建于公元4世纪罗马统治时期，赛尔柱帝国时期作为商队的驿站而得名。神圣使徒教堂是为了纪念圣使徒彼得和保罗而建的，因此也叫圣彼得教堂，公元7世纪和9世纪是塞尔维亚教会的教区所在地，也是尼曼吉奇王朝的浸礼会教堂和议会所在地，一直延续到12世纪末。这么重要的地方，只是等我到达时，它已经关门了。

拍摄了几张建筑物外观和周围环境的照片后，我们驱车赶回城里，路过的街道都非常干净，街边建筑物也相当有特色，特别是看见那个喷泉塔时，我随便说了句，这里很像萨拉热窝嘛。小伙儿骄傲地回答我，新帕扎尔有萨拉热窝迷你版的美称，其实，除了街道相近，主要还因为萨拉热窝和新帕扎尔都是宗教比较融合的城市。此外，这里又靠近波黑，曾被土耳其长期占领，所以很多方面与萨拉热窝都很相像。

看来迷你版还真有点名副其实！

晚饭时，我略微思考了一下今天的所见所闻，有两点令我印象深刻：

一是塞尔维亚青年与我们国家的青年的区别较大，他们相对成熟多了，这是什么原因？可能与人种有关，但也与国情有关。就单说战争吧，这虽是极其残忍的事情，谁都不愿意发生，但从另一面看，它却也锻炼了民众的生存能力。我在萨拉热窝遇到的几个导游都是没毕业或刚毕业的大学生，但他们的成熟度，相当让人意外和敬佩。

二是城市的发展速度超乎预料。我在来巴尔干地区之前，对这两个国家不是很了解，也觉得他们不是发达国家，不过，从这十来天的经历看，他们的发展速度并不慢，城市建设也并不落后，而且保留了相当的传统特色。他们在城市规划和保留传统方面有很多的经验，都值得我们借鉴。

圣乔治修道院

世界上最美的修道院在哪里?

2019 年 8 月 25 日

我不知道其他人是出于什么原因来到新帕扎尔，吸引我的就是这里的教堂或修道院。昨天我们看见的，还不是最壮观的，今天咱们去看一个世界上最美、最完善、最恬静的修道院——斯图代尼察修道院。

这座修道院创建于 12 世纪晚期，创建人是中世纪塞尔维亚共和国的缔造者——斯特凡·纳曼亚大公，他在退位之后不久开始建造这座修道院。这个修道院是塞尔维亚最大、最富有的传统修道院。修道院中的两座主要纪念碑、圣母大教堂及国王大教堂均采用白色大理石建造而成，这些建筑物中还收藏了 13 和 14 世纪拜占庭统治时期的艺术绘画，这些绘画都是无价之宝。

斯图代尼察修道院地处一座小山上，登临山顶，正好可以俯瞰斯图代尼察河穿流而过。

斯图代尼察修道院外景

不过，从新帕扎尔到那有点远，开车大约需要一个多小时，我们还是利用这个时间来聊聊天吧。

今天还是房东驾车送我，当然这不是免费服务。我们随便聊了聊当地人的生活情况，先说说收入这个众人感兴趣的话题。

新帕扎尔居民的收入并不高，大约人均月收入 300—400 欧元，但每个家庭都有至少 1 至 2 辆车。我问，为什么人们收入不高生活品质却不低。小伙儿说，这里大多数家庭在发达国家都有亲戚，比如小伙子的伯父在瑞典，收入很高，开的车都是十几万欧元以上，不用的车就给家乡的人了。

修道院外景

正好这时，车子经过农村的田野，我看了看，发现农民的房子很好，便问："你们城里人有钱后，是否会在农村建房？"

他回答："是，在农村买地不贵，大约 100 平方米 1200 欧元，城里公寓类的房子每平方米 1000 欧元。"

可见，在郊外或农村买块地建房子或别墅，还是蛮划算的。

聊了一会儿，我们到了修道院。因为房东小伙儿穿着短裤，他未能进入修道院，在门口等。这里的人们非常遵守教义和教规，而且很自觉。

今天正好是周日，教堂里还举行了宗教活动，只见一个僧侣，我不知该叫什么头衔，给排队的教民喂食糖丸，不论大人小孩都用汤勺喂，但有个问题我纳闷，人人共用一个汤勺，这个卫生问题如何保证呢？

更有意思的是，一个怀抱着的小婴儿看来很害怕，死活不干，并突然哇哇大哭，弄得抱她的父亲和喂食人都很尴尬，最后父亲不坚持就离开了。

离开主教堂，我到院子里，对着所有的东西一通狂轰滥炸，见什么拍什么，而且任何角度、对象，都能拍出十分美丽、别致而且效果很好的画面。

修道院提供住宿

↖ ↑ 圣徒教堂的内景

记得房东在车里就介绍过，他曾经陪一个去过 90 多个国家的游客到此，这个游客认为，斯图代尼察修道院是世界上最美的修道院，对此评价，我完全同意。

离开这个最美的修道院，我们驱车回城，正好路过昨天关门的那个教堂。我提前让房东停下，想碰碰运气看是否开着，还真是好运气，教堂敞开大门迎接我。

从外观上看，这座教堂并不是那么宏伟，但教堂内部相当令人震撼，漂亮精致的穹顶、狭窄的旋转石梯、湿壁画和雕刻的石器等，让人不由赞叹古代塞尔维亚人高超的建筑艺术和丰富的想象力……

好了，一上午真是饱眼福了，咱们抓紧往回赶。

回到市区，与房东结完账，就此告别。

然后，再去市里逛逛，参观市内那个漂亮的清真寺，据说它是巴尔干地区最大的清真寺。

在清真寺旁，我喝了杯地道的土耳其咖啡，然后直奔大巴车站。

我大约是 14:40 抵达车站，过了 10 分钟，被告知没有座位了。我有些不知所措，等了很久，司机说最好的办法就是先上车，也许下面的站有人临时不来了，如果没有这种事发生，那就只好站着了。

也只能这样了，下一班车是 18:30，时间也太晚了。

想知道为何会这样吗？

新帕扎尔的大巴车票都是在城里的一个售票中心预定，而我们房东是有钱人，从来不坐大巴，还说当地人从来不提前买票。其实我早上路过车站时，还问了车站的人，也说下午三点前来就是。哈哈，这个小城还是有点特色的，其他城市都不是这样。您下次来，千万记得在城里的售票中心预定车票！

坐了约两个小时左右，我们到达克拉列沃市，既然到了克拉列沃，我想问下各位读者，您对这个地名有印象吗？

城中最古老的清真寺

克拉列沃是个小城市，人口约12万，处于西摩拉瓦河和伊巴尔河交汇处，它是塞尔维亚拉什卡州的首府，也是铁路枢纽。如果您喜欢看前南斯拉夫电影的话，一定忘不了那部经典“二战”电影《开往克拉列沃的列车》。

这部电影不长，只有一个半小时，但我对此片印象相当深刻。

剧情大致是这样的：1941年夏，德国法西斯占领原南斯拉夫期间，有一位火车司机名叫托洛瓦茨，别看这位老兄平时大大咧咧，但颇有女人缘，当然他与男同事关系也很融洽。大概组织上考虑到他热爱祖国，熟悉城际路线，加之身份特殊，不会被敌人注意，贝尔格莱德党组织就委托他，护送负有重任的地下党交通员前往克拉列沃。

但这一行动被敌人察觉，军警包围了火车站，交通员也不幸中弹，临终前，交通员将接头暗号和黑色公文包交给了托洛瓦茨，并嘱咐他要交给克拉列沃地下党。

这位看似不靠谱的哥们，一路上却相当的机警，当然他仍忘不了与女人的缘分，并很好地利用了这一特点。他甚至在自己都安危难测的时候，却解救了一位即将落入虎口的犹太姑娘。

但因为不认识接头人，只知道接头暗号，他很容易就被敌人发现了。当然，最后他终于和地下党负责人接上了头，面交了黑色公文包，但他自己也暴露了。

当他发现火车已启动，但铁路道岔没打开，于是托洛瓦茨奋不顾身，跳下车去，并不幸壮烈牺牲。

其实这部电影属于战争片，但由于情节特殊，故事有趣，加上男主角演技一流（《瓦尔特保卫萨拉热窝》的第二男主角），还有上译的毕克、丁建华、乔榛、童自荣等的出色配音，使得这部电影相当精彩。

好了，回忆完电影，我们也到站了。大约是晚上 6:30，我终于抵达目的地贝尔格莱德，幸运的是，真的有人没上车，我一直坐到终点站都没有挪动位置。

新帕扎尔街景

天鹅·餐厅和狗

2019年8月25日晚+8月26日

昨晚抵达贝尔格莱德后，找旅店还是费了点小周折，这个城市道路曲曲弯弯，路面也高低不平，到旅店时，都快晚上9点了。

不过，贝尔格莱德还有很多有意思的地方没去呢，必须抓紧时间。于是办完手续，撂下行李，我直奔共和国广场附近的作家俱乐部。

这家俱乐部可了不得，去贝尔格莱德一定要来这里打卡。

这里说是俱乐部，它也是一家餐厅，还是历史上很长一段时间塞尔维亚文学家们的“秘密基地”，特别是“二战”期间，很多作家都把这里当成了战斗的地方。作家们在这里写作、密谈，举办沙龙，1961年的诺贝尔文学奖得主安德里奇获奖后，就是在此举行了见面会。

因此，对于崇拜安德里奇作品的我而言，这是必须拜访的神圣之地。

不过，事情往往都有着戏剧性的情节，尤其在国外旅行时。

走到俱乐部时，已经很晚了。看了看地图，前面就是俱乐部了，而且正面有家餐厅灯火通明，外面桌子都有人坐着，而它对面和四周几乎都漆黑一片，于是我大步流星地进去了。

我还没坐下，一位男招待过来了，说餐厅十点不再接待客人，我心想，自己可是慕名而来的，怎么可能连门都进不去呢？我立刻脑筋急转弯，问能不能就喝点东西，他说行。

我坐下来，四处端详，这里有精美的装饰物和巧妙的布局，还有钢琴和小提琴伴奏，二层是包厢，我真怀疑是到餐厅了，还是芭蕾舞剧院。

我情不自禁地拍了几张照片，但又有点担心不合适。这时，看见有人在合影留念，我胆子又大了起来。

喝完东西付账后，我走出餐厅，看见门口怎么写的是“Little Bay”（小海湾）？赶紧问了下工作人员，原来这里不是我要去的俱乐部，而是一家老板是英国人，并在英国开了100多年餐厅的分店，对面那个一片漆黑的院子才是我的目标——作家俱乐部。哈哈，闹了个大乌龙。不过，这个阴差阳错相当精彩，要不我如何有幸能在这个精美的餐厅，体验英式塞尔维亚氛围呢！

从餐厅出来，绕路去看看本市一个保持着19世纪风格的街道，老远就听见了萨克斯、吉他等音乐声，看来这次又要让我眼界大开、相机“快闪”了……

好了，咱还是考虑下今天的行程。

各位，有没有听说过泽蒙？

夏尔朵什塔

这是贝尔格莱德的一个区。我们今天就去那个美丽的小镇，然后从那再回到市内，去参观塞尔维亚大厦以及几个教堂和宫殿。

今天的行程比较轻松惬意。

泽蒙小镇离城中心只有 7 千米远，历史上它曾经是一个独立的城市，有自己的市中心和老城区。老城位于多瑙河边，著名的景点是夏尔朵什塔，这是小镇最高点，也是重要的地标之一。

登上塔顶，可以俯瞰老城全景及美丽的多瑙河，天气好，还可以远眺贝尔格莱德城区。

是不是有些期待了，好了，该下车了。

刚下车，顺着小路往前走，老远就看见路口的那个花店，那些花实在惹人喜爱，有几种花的颜色我从未见过，相当妖艳。这令我的心情大为愉悦。

走了一会儿，就到了今天必打卡的戛尔朵什塔。该塔建于1896年奥匈帝国统治时期，当时是一座庞大堡垒的一部分，现在的堡垒除了这座塔，其他部分只剩一些废墟。由于外族统治的原因，塔和老城建筑风格都和贝尔格莱德的老城有很大不同。

不过，我倒对塔周围的教堂更感兴趣，这几座教堂相当有特色，无论教堂内外都相当古朴，在里面静坐一会儿，仿佛能体会到几百年前居民的生活情境。

参观了带给人精神享受的景点，我们换个眼光，去看物质丰富的集市。

我每到一个国外的城市，总会对一个地方情有独钟，那就是农贸市场，或叫集市。

泽蒙集市里物品的丰富度和卫生状况，都令我大为赞叹。

最值得推荐或值得我们学习的，是他们的熟食摊。每个熟食摊位都有个金属盖子，收摊或不开张时，盖子都是放下来的，这样既干净，又卫生。另外，不知为何，我在塞尔维亚和波黑，很少看见卖鱼的摊位，唯有在这发现了水产摊位，好新奇啊！

离开老百姓的“柴米油盐”，我在多瑙河边坐了好一阵子。我把一群天鹅当成自己的摄影模特，随着天鹅的移动，我的镜头也跟着挪动。

过了一会儿，我发现镜头里多了一个男士，带着一条黑色的狗，他把一根木棍扔进多瑙河，黑狗就奋勇扑进水里，把棍子叼回来。就

↑ 泽蒙滨河大道河中天鹅

这么来来回回好几次，那条忠实的犬儿不断地重复着，毫不厌烦。

再看周边的天鹅和灰鸽，要么在游泳，要么在滑翔或飞行，这一切是多么安宁祥和，简直像世外桃源！

看了看手表，不早了，我不得不离开这仙境，来到主路上，等候公交车，前往塞尔维亚大厦。

等候中，我被马路边正在装修建筑物的遮盖物所吸引，没太注意我要坐的车来了，待我迅速拍了几张照片后，车已经启动了。看见我沮丧样子，司机用眼神对我表示询问。我示意确实需要他停车，于是他把刚开动的车子停下，我上车后，发现人很多，刚站稳，一个老先生起身让座，我有些不好意思，但他人已经站起来了，还是恭敬不如从命吧。

参观了塞尔维亚大厦，我回到了贝尔格莱德，再次来到作家俱乐部，这回可是真的俱乐部了。

作家俱乐部餐厅

尽管地处闹市区，白天这里也相当安静，自成一片天地。

我问服务员，安德里奇曾经是坐在哪个桌子吃饭，招待抱歉地说："请相信我，真的不知道他曾经是在哪里吃饭，反正这里都是用餐的地方！"

这个当然可以理解，毕竟这不是故居或博物馆，俱乐部现在也是对外营业的餐厅。

吃完饭，我到楼上转了转，希望能有新发现。刚上楼，我看见一个办公室里有两个人在说话。

我说，我想看看安德里奇曾经待过的地方。其中一位先生就领着

塞尔维亚大厦

我在二楼看了看所有的办公室和会议室，并看了安德里奇的小雕像，他告诉我，除了外面的餐厅，这里还是官方的作家协会，经常有活动在此举行，他天天都来这里上班。

回到座位，又喝了点饮料，我结账离开，我开始把城里没看到的，还有因为昨晚太黑希望再次光临的景点都看了看，下午 5:40，司机就在酒店门口等了。

上车后，我们聊了聊，原来他是这个酒店老板的儿子，在上大三，现在是假期，帮着家里干点活。他是学心理学的，看来与顾客交流也能增进学业吧。

我这是玩笑，其实我在塞尔维亚和波黑的这十几天，已经强烈地感觉到了这两个国家年轻人的蓬勃朝气和自立精神，不管他们身处什么样的家庭背景，也不管他们所学专业为何，都能抓紧时间和机会，深入社会，利用自己的专长，为家庭，为自己挣得金钱和阅历。

这一点是值得国内一些年轻人借鉴和学习的。

"乌龙"作家饭店

战争与和平

2019 年 8 月 29 日

从塞尔维亚和波黑旅行回来，有人问我那边好玩吗？这个问题真不知该如何回答；

还有人问，那边比中国好吗？这个问题好像更难回答。

但相当多的人可能以为，那边总是在炮火当中，没想到现在这么平静、漂亮……

其实，我们很难轻易地对两个国家进行比较，我只想基于自己的经历和观察，试着对塞尔维亚和波黑这两个国家做个小结。

两个国家自然环境都很美，并且人文历史丰富

说到自然环境优良，这个容易理解，因为这两个国家靠近地中海或位于巴尔干地区，水文、地质、光照等都适合植被生长，绿色覆盖率很高，几乎看不到裸露的土壤。加之国土面积小，人口也少，塞尔

维亚 8 万多平方千米，人口 700 万左右；波黑 5 万平方千米，人口 350 万，这样的国土面积，只需要一次旅行就能看遍主要景点。总之，两个国家风景之美是毫无疑问的，人文景观更是数不胜数。

文物保护做得不错

也许是因为人口规模不大，社会发展对土地的侵蚀压力较小，两国考古遗址和文物等保护得相当好，这包括对古建筑物的保护，当然战争中被摧毁的除外。

即便是古建筑在战争中被毁，人们也都尽力去恢复，是修旧如旧的那种感觉。比如莫斯塔小镇，一切都那么古朴，店铺、道路、布局等。对了，那座著名的老桥，建于 16 世纪，1993 年毁于波黑内战的莫斯塔包围战，毁坏程度相当大，但当地人重建后于 2004 年重新开放，桥体全是大理石建造的，包括桥面都是石头的，如果不说，你一定认为那就是古时候的原版桥。

优美的人文环境

被炸的莫斯塔石桥　修复后的莫斯塔石桥

人们素质普遍较高

这可以分几个方面，最明显的就是人们礼貌友善，其次是各个行业的从业者都相当敬业和专业。

我在贝尔格莱德市区和共和国广场看见的工人，相当“讲究”，即便就是铲土、修路的工人，都身着标准的工装。

三是受教育程度高。我接触到好几位导游、司机和大学生，他们一来是知识丰富，受过良好的教育，也都很健谈。

四是公民很少乱扔垃圾和随地吐痰，每个城市都相当地干净。

社会治安状况良好

我在每个去过的城市里都很少看见有警察，除非是很热闹的景点，或是需要维持治安的地方。

即使时间很晚了，居民都还在外面纳凉玩耍，比如广场、酒吧、餐馆等都开到很晚。

↖ 工人素质都很高　↑ 实事求是地展现历史

文化艺术水平不低

这点可以从作家俱乐部、街头艺术、文学作品等看出，仅从 1961 年安德里奇就获得诺贝尔文学奖也能看出端倪。

在出发前，我阅读了不少南斯拉夫的中长篇小说和文集，这些作家的水准相当高，文学题材也很丰富，现实主义色彩突出。

人民经济收入不高

波黑和塞尔维亚人均月收入大约 400 欧元，低的 300 欧元，尽管那的物价便宜，但人们还是对收入不满。

收入不高的原因有很多，其中一个主要的原因是经济结构的问题，过去南斯拉夫 90% 的工业在波黑，因为内战（1992-1995）工厂全部毁灭。当然，波黑人也曾经因工业占比不大而自豪，因为这使得他们有了比较好的生态环境，他们因此还嘲笑过波斯尼亚、波兰和黑山等。但后来这些国家加入欧盟后，波黑又觉得还是工业能提高国家经济发展水平，人民生活收入才能提高，因此又开始羡慕那些国家。

这倒是让我想起安德里奇在《萨拉热窝女人》一书里写道的："人类的世界——无限辽阔喧闹嘈杂的大地，人们各有各的命运、向往、追求、思考和信仰，他们永远需要建设和破坏，彼此之间进行着互相吸引又彼此厌恶的莫名其妙的角逐……"

战争的创伤尚未完全消失。

在塞尔维亚和波黑旅行期间，不论与导游还是其他人聊天，他们都表达了一个担忧，即随着内战的结束，民族矛盾和社会结构问题仍然存在，尤其是内战结束后，政府缺乏对战后人民做心理疏导，许多人现在依然存在心理问题，生活也不是那么容易。有的人恐怕从未从战争中走出来，我在街上看见不少乞讨的伤残军人或平民。

斯拉夫人其实是相当固执的，关于这点，安德里奇等作家在他们的文学作品里都有描述，比如安德里奇在《特拉夫尼克纪事》里就写道："在波斯尼亚，不仅土耳其人，而且所有其他信仰的人，都固执地抵制一切，甚至最好的影响，反对一切新鲜事物，一切进步，其中包括目前条件下可行的，仅仅取决于他们自身的一切新鲜和进步的事物。"

这本书虽然描写的是19世纪的塞尔维亚人，但现在，基因的影响仍在，就像安德里奇在《萨拉热窝女人》（20世纪）里描写的那样："……这伙流氓无产者和城市饥民是一帮信仰有别和习惯衣饰各

↑ 关于战争的遗留问题之—地雷，此处为模型

异的人们，但他们因为那与生俱来的不顾信义的残忍、野蛮卑鄙的本能聚集汇合起来了……”

关于战争，还有一个有形的、看得见的残留物，那就是地雷。波黑内战中，虽然持续时间才三年多，但期间使用的地雷数量相当可观。即便20多年过去了，在约1000平方千米的土地上，仍遗留着内战时埋下的近8万枚地雷，占国土总面积的2.1%。

自1996年开始排雷以来，共有53名排雷人员殒命，炸伤600余人。我在波黑内战地下隧道博物馆里，就看见了许多型号和形状的地雷，有的地雷像是一棵植物，不注意真的无法辨别，这对于生命，对于经济建设都是巨大的危险。

当然，对于两国存在的问题，远不是我这篇小文能说清楚的，也不是我这个旁观者能看清楚的，即便身在其中的两国民众，他们恐怕也是心情复杂，难以说清楚问题所在，解决办法是什么。

但我相信，有着像安德里奇这样一大批文学家的民族，有着能拍摄出像《地下》一类片子的导演埃米尔·库斯图里卡等人这样的社会精英，当代斯拉夫民族，一定会寻找到适合他们自己的发展道路和模式的。

正如安德里奇在《德里纳河上的桥》中总结的："……战争这玩意虽然残酷可怕，可还是有好的、有益健康的方面。他认识到体力紧张的价值，他在危险中考验自己，学会服从和发号施令，看清扮演各种面孔的痛苦，但也懂得了友爱的好处与纪律的意义。"

画布上的圣乔治大教堂

DHC

下篇

行走在越南

初识越南

2018 年 2 月 14 日

行前，我看了不少关于越南的背景资料，比如纪录片、书籍和各类文章。我的脑海中也出现了对越南的“遐想”画面：风格各异的建筑、碧浪白沙的海滩、热带雨林下飘逸的奥黛、美丽的混血姑娘……

一出机场，感觉天空灰蒙蒙的，气温倒是不高，酒店司机来机场接我们，但自从上车后，车轮就像粘了一块巨大的“口香糖”，过了 20 多分钟，移动了不到 100 米。

我抬头望了望天空，怎么这样昏暗？查了下河内的空气质量，AQI 指数竟然达到了 222。

好不容易车子能加速开起来了，但越往市内行进，越感觉到空气的浑浊。我开始仔细观察河内的城市面貌和当地人的日常生活。

我选择的酒店位于老城区，叫三十六行（发音 Hang）街区。

从机场到酒店的街道并不宽，看上去甚至有些陈旧，道路两旁的楼房都很矮小，楼层也大多是三四层高，但风格迥异，越西合璧。

街上的摩托车数量之多，是到目前为止，我去过的所有各国城市里最罕见的。毫不夸张地说，摩托车的数量绝对大于人口，以致人们步行时都提心吊胆。不时要注意各种摩托车，不仅是来自前面的，还有后面的，不仅道路上的，还有停在道路旁边的。不过让我惊讶的是，当地骑摩托车的司机，男女老幼都有，且技术都相当娴熟，其速度之快，让人想起了电影里的飙车场景。

办完入住手续，我们决定迅速去位于市中心的还剑湖。

还剑湖是河内最有名的景点之一，面积约 12 万平方米。相传 1418 年，黎朝太祖（黎利）在蓝山起义之前，幸运地得到一柄剑，剑身上刻“顺天”二字，后来又捡到剑柄，黎利用这把宝剑杀敌无数，后来他成了皇帝，建立黎朝。

10 年后的一天，太祖在湖上游船，忽见一只金龟浮出水面，游向船边，向黎太祖说：“敌军已被打败，请皇上还我宝剑。”

美丽的奥黛

话音刚落，黎太祖腰间的宝剑突然掉到金龟嘴里，金龟含剑往湖底潜去。太祖与群臣以为神仙现身，把金龟称

还剑湖里的龟塔

为神金龟，并改湖名为还剑湖。

相对北京的湖景来说，还剑湖虽然算不上特别的恢宏，历史也不是那么悠久，却有着独特的景致。

还剑湖位于市中心，且四周绿树苍翠，湖水清澈，湖中心有两处建筑非常有名。一是位于湖中心的龟塔，它建于 1884 年，位于还剑湖中的龟丘岛上，塔身非常小巧，夜色里、灯光下，龟塔显得更加玲珑剔透，传说见到龟塔的人定会有幸运降临。

离龟塔不远的湖边，还有一处景点叫玉山祠，里面供奉着关帝、兴道王和文昌帝君三圣。

寺门外还有一座 5 层石塔，塔顶状似毛笔，由 4 根像笔一样的石柱构成大门，有汉字对联“临水登山一路渐入佳境，寻源访古此中无限风光”，据说寓意“金榜题名”。

法国殖民时期的教堂

玉山寺和笔状石塔都写着汉字，这让我非常地惊讶，在如此紧凑的公园里，有着汉文化特色的景点竟然多于越南语的景点，这也说明，越南与中国有着很深的联系。越南北部在公元 10 世纪前，就一直是中国的一部分，毫无疑问，中国文化深深地影响着越南的民众生活。

另外，还剑湖四周还有许多著名的景点，如李太主广场、河内大教堂、各种漂亮的法式建筑等，让人感觉越南的文化丰富而多元。

出得还剑湖，还是直奔今天的主题吧，看戏！

马上要欣赏的，叫越南水上木偶戏。

李太主雕像

一进剧院，既给人一种精致典雅的感觉。上了楼梯，对面墙边站立着两位穿着奥黛的美女，这正好印证了我行前的遐想，她们端庄大方、亭亭玉立，贴身的奥黛加上曼妙的身材，吸引了许多外宾与她们合影留念。

走到剧院更深处，一汪池水很能体现越南特色，连木偶戏都要在水上进行。

越南是个有着丰富水资源的国家，大小河流超过了 1000 条，总长 4 万多千米。

河内市河流众多，红河在市区旁边缓缓流淌，河内就是因为地处红河三角洲西北部，坐落在红河右岸和红河与苏沥江（墩河）的汇流处而得名。

言归正传，水上木偶戏是越南最具特色的传统民间舞台戏，也是世界上独一无二的木偶戏，表演者长时间浸泡于水中，用他们强大的臂力和娴熟的控绳技巧，让木偶像人一样，活灵活现地演出各种传说

水上木偶剧场

和故事。

水上木偶戏的舞台非常特别，前台是水面，水上搭有一座红瓦砖顶的小水榭，通过一张从上垂到水面的竹帘，让操纵木偶的演员躲在竹帘后，从而让观众根本无法察觉演出是由人在后面控制的。

最开始，我还以为是演员在水下控制木偶的动作。

我们看的这场戏是从400多出水上木偶戏中，精选出的14出剧目。主要有龙舞、牧童吹笛、钓田鸡、打狐狸、抓鸭子、捕鱼等场景，甚至还有黎利皇帝还剑的传说。

尽管老外观众听不懂唱词，但通过艺术家精湛的技艺，木偶活灵活现的动作，大家还是不难看出一些“端倪”。

台上艺术家每人都要控制两三种乐器，有的还需要歌唱，一场演出下来，演员只有不到十人。

据说，水上木偶戏最初只为给皇上祝寿用的。这项技艺是靠代代相传的家授方式，流传至今，剧团甚至还到世界各地演出，受到了热烈的欢迎。

演出持续时间大约50分钟，结束时，控制木偶的演员出来谢幕时，观众才发现，他们都是站在齐腰深的水中。

欣赏了一场文艺盛宴的观众，都为今晚精彩的演出和演员们的崇高敬业精神而热烈鼓掌。

回酒店的路上，看到车水马龙、霓虹闪烁的街道，我忽然想起20世纪80年代，美国好莱坞导演巴里·莱文森执导的那部获得奥斯卡金奖的影片《早安越南》。其中罗宾·威廉斯饰演的军中电台主持人，他那句声音洪亮、拖得很长的“G-o-o-d morning Viet-nam!”的口头禅，甚是有特点。

此时的我，也禁不住地想要喊上一句“G-o-o-d evenning Viet-nam!”

期待明天看见阳光中的河内——越南的首都！

摩托车是越南人主要交通工具

在越南过除夕

2018年2月15日

天还没亮，酒店楼下小饭馆早餐的香味就飘进了房间。

过了一会儿，摩托车的突突声又响了起来，河内市繁忙的一天开始了。

今儿是除夕，路过老城区的早市，各种蔬菜、肉类、鲜花、杂货，把街道都快占满了。我细看了看，有很多蔬菜和鲜花我都不认识，这更体现出越南热带气候物产丰饶的特色。

早餐目的地原本是一家很有名的鸡蛋咖啡店，走到门口却发现，卷帘门已经上锁了。一位长得有点像华人的妇女，拎着篮子出门来，她向我表示了歉意之后，就匆匆去办年货了。

我只好改变主意，顺路往前走，发现有个早点铺，许多人正在小桌子前用餐。记得在看攻略时，有句“名言”是这样说的：“只要是当地人多的地方，排队就是了，绝不会让你失望的。”

↖ 除夕的街道摊位 ↑ 特色传统早餐

于是，坐下点了当地传统早点，等待的过程中，我观摩了这道早点的制作流程：

大勺从桶里捞出米粉汁，放到炉上烫熟，再铺在一个半球形的墩子上，卷上芽菜之类的东西，形状颇像中国广东的肠粉，女厨师用根筷子一卷，再切成几段，迅速放在小盘里，整个过程不到一分钟。

与此同时，一个小伙子用剪刀把肠剪成一段一段的，倒上热汤，再配上“肠粉”，一份早餐就这样出炉了，味道还不错。

价钱嘛，按当地货币是 4 万盾，合人民币 12 元左右，不高不低。总体看，河内的消费比较合理，但出租车和三轮车等交通工具除外。

吃过早餐，我直奔巴亭广场，这是越南举行重大庆典和集会的场所。1945 年 9 月 2 日，胡志明主席就是在此宣读《独立宣言》，并宣布越南民主共和国成立，所以巴亭是越南标志性的景点。

广场上有好几个具有重大意义和历史记忆的景点，首个就是胡志明纪念堂。

不知为何，几乎所有要去其他景点的游人，都必须绕道先参观纪念堂，在进行了复杂的安检、存包等手续之后，游人便可以参观位于纪念堂地下的胡志明水晶棺了。

这里面的光线非常暗，除了遗体的脸部和手有灯光，以及灰色中山装还能大致分辨得出轮廓，其他地方几乎都看不清。

从纪念堂出来，旁边就是胡志明故居或叫主席府。

主席府的主体建筑是一座法式别墅，颇为豪华，它曾经是法国驻印度支那联邦总督的官邸。其实胡志明并没有住在恢宏的总督府，而是

胡志明纪念堂

胡志明的住所

一直住在官邸的电工宿舍里。我忽然意识到，为什么越南会建造那么“豪华”的纪念堂，且在许多的地方都能看见胡志明的画像和标志。

胡志明出生于知识分子家庭，做过教员、海员和杂役，但胡志明从小立志高远，海外求学的经历让他拓宽了视野，也接触了外面的世界，接受了共产主义理想。他还当过鲍罗廷的法语翻译。越共和越南民主共和国的成立，都与胡志明的特殊贡献分不开。

转完了面积庞大的主席府，想去看河内其他著名的景点，如胡志明博物馆、文庙、升龙古城、军事历史博物馆、民族博物馆等，但均因当日是除夕而关门大吉，我只好望馆兴叹，扫兴而离。

带着恋恋不舍的心情离开后，我搭乘越南航空公司的班机，飞往越南中部古城镇会安。

这是一个与河内迥然不同的小城市。由于飞机晚点，到达会安时

会安除夕夜

已经很晚，但也许因为是除夕，会安到处是人，整个城镇被五彩缤纷的灯笼装扮得分外妖娆。

办完入住手续，听房东说镇上有烟火，于是我迅速奔向中心地带，一路上，那些美丽的灯笼，不时引得我驻足拍照，一种他乡遇故知的感觉油然而生。

此外，这里还有一种习俗也与中国人相同，但又有些许差别，在小街道上，几乎每家都在院子或门前摆放了好些贡品，燃上香火，还有许多人家则在门前用铁桶烧纸钱，或其他有纪念意义的纸张。

快接近秋盆河边时，就听见河对岸重金属音乐声划破天空，震耳欲聋，那些装饰得十分耀眼的酒吧、热闹的餐厅，各种肤色和装扮的游客，夹杂着当地人，一起汇成了五彩斑斓的世界，一片欢乐的海洋……

今夜无人入眠！

除夕的烟花

灯笼“作坊”与占婆遗址

2018年2月16日

经过一夜的狂欢，古镇会安又恢复了宁静！

在家庭式酒店吃过早餐，我步行到古镇中心区。没有了昨夜的喧嚣，卸下浓妆后的会安，此时又恢复了清丽的面容。

会安很小，只有12万人口，占地约60平方千米，但小巧的会安有着非常悠久的历史，尤其是它的贸易史。

早在公元5世纪时，会安就是港口，到16世纪，这里已经成为东南亚最重要的贸易交流中心之一，也是越南最早的华埠。但遗憾的是，18世纪时，由于王室间的权力斗争，会安的发展严重滞后，几近被废。直到有一天，会安港口终因淤塞而凋零。要不是联合国教科文组织帮助修葺，估计今天的我们，就看不到她如此美丽的容颜了。

走在古镇的路上，我注意看了看当地人的住所，以及街面的装饰特色。我发现，会安人的生活相当休闲，市民也都彬彬有礼、温文尔

大年初一，酒店给客人准备的特殊礼物

雅。能如此娴静，一定与他们的经济收入有关，这点从各家房子的大小、装潢程度就能看出。

特别让我感到舒适的是，每家建筑物都各具特色，设计精巧。特别是各家的庭院，不仅花草盆景十分精致，地面也干净得像面镜子。

更能体现会安特色的是，家家都在门口种上艳丽的花草或灌木，大部分家庭还会在门楣处挂上灯笼，其形状和图案，精美绝伦。

会安古镇是一个文化多元、生活闲适的小城市。尤以中国和日本的文化较为突出。其中，中国建筑不仅多，还保存得较为完整，福建会馆、广肇会馆、潮州会馆、琼府会馆、中华会馆等，最具代表性。无论从门脸还是从内部装饰来看，这些建筑物不仅装饰辉煌、用料上乘，人气也是爆棚。

我进了一家佛教寺庙，里面游人和信众可谓人山人海，特别是当

会安的灯笼

地的信徒，他们对宗教信念的执着和虔诚，给我留下了深刻的记忆。在越南，佛教是最重要的宗教，拥有的信徒也是最多的。

在会安，还有一处建筑物也是游人如织，最值得拍照和留影，这就是具有日本风格的来远桥。

这是一座带棚顶的石桥或叫廊桥，1593 年（猴年）开工，1595 年（狗年）落成，为了纪念这两个时间，工匠们在桥的一头雕刻有两尊精美的石头狗雕像，另一边则是两尊石猴。

来远桥实际上是一座桥、寺合一的廊桥，明朝时期，中国人对它进行了重建。

除了老房子多外，灯笼绝对堪称会安最有特色的名片，整个古镇似乎都被灯笼淹没了。

但与其他国家不同的是，会安的灯笼全都是手工制品，大部分是用丝绸制作，也有较少的是用竹子做的。它们看上去古朴自然、色彩鲜艳，既华丽又实用。

也许是上帝特别青睐会安，会安不仅靠海，城中还有一条秋盆河穿城而过，像是一条玉带把古镇一分为二。

两岸的店铺或住家，在如此仙境般的河边生活，该是多么地惬意和幸运。两岸漂亮的建筑和独特的人文景观，相映成趣，相得益彰。那些“苗条”的小船穿行于河中，艄公的摇橹在晨曦或夕阳下摆动，这样的画面给无数文艺爱好者提供了难得的素材。

不夸张地说，会安就像人间天堂，它获得“世界文化遗产”称号，自然是当之无愧，实至名归。

吃过午饭，稍做休整，我租了辆私家车前往此行最为期待的项目之一—— 美山圣地。

↓ 来远桥

美山圣地是一片印度教寺庙遗址，建造于公元4世纪到14世纪间。由于遗址群位于越南中部的广南省潍川县潍富社美山村附近，因此遗址群被叫作“美山圣地”。

寺庙主要崇拜印度教神湿婆，美山山谷是占婆历任国王举行宗教仪式的场所，是王室和民族英雄的埋葬场所。

这个遗址共有70多座寺庙，里面有许多用梵文和占语书写的重要碑文。非常遗憾的是，越战期间因为美军地毯式的轰炸，只有20座寺庙及古塔幸免于难。这不得不说是人类历史上重大的、不可挽回的损失。

美山寺庙建筑群被认为是东南亚最重要的印度寺庙建筑群之一，1999年，建筑群名列世界文化遗产目录。其实，美山遗址不仅是越南的文化遗产，受到越南政府和人民的保护，也得到了联合国的关注，许多国家的政府和企业，都对遗址的修复和保护给予了大量的无偿的支持。

作为曾经繁盛一时的占婆王国遗留下来的最重要的圣地，美山遗址完美展现了占婆人的建塔技术、石砌雕刻艺术和审美标准。

即使在 21 世纪，美山遗址所呈现出的高超技艺都令人叹为观止，在没有现代起重设备和器械的情况下，那些工匠们是如何完成如此伟大工程的呢？

探访越南的末代皇帝之城

2018 年 2 月 17 日

香江

告别了美丽古朴的会安，我搭乘长途车前往顺化。三小时的路程不短，正好把上篇游记写完。不过，越南的城际高速路可没有中国的高速路路况好，一路颠簸。着实让这篇文章有一种特殊的节奏感。

顺化是越南承天顺化省的省会，处于越南中部，距离北部河内和南部西贡（胡志明市）都差不多五六百千米，东边离南海 10 千米左右，市内面积约 70 平方千米，人口约 35 万。从 17 世纪到 20 世纪 40 年代，顺化曾先后三次作为越南的首都。

但自从 1945 年“二战”胜利后，顺化就不再被作为都城，因为它的地理位置敏感而特殊。

近代顺化可谓命运多舛，饱受战火蹂躏。这从一进入顺化的长途汽车站就能看出一些端倪：道路既窄又破，楼房灰旧。

车站里的出租车司机一听说我要去的地方只有两三千米远，都明确表示拒载。但既然来旅行，保持良好的心态非常重要。我多付了一些小费后，终于打车来到酒店。

放下行李，我迅速赶往顺化的标志性建筑——皇城遗址。

从酒店到皇城遗址，正好跨过穿城而过的香江，站在桥上，我使劲地做了下深呼吸，据当地传说，香江上游长满茂密的石菖蒲，经过菖蒲的浸染，清澈的河水总是飘着淡淡的幽香。

快到皇城时，老远就看到一座具有北京故宫模样的宫殿。

于是，我加快脚步，迅速走到皇城的大门——午门。当然，与北京故宫相比，越南的皇城，规模要小很多，午门也与故宫的不可同日而语，但顺化午门前发生的一件大事，却具有非常重要的历史意义：1945 年 8 月 30 日，越南末代皇帝保大在午门前举行退位仪式，宣读退位诏书。从此，越南结束了一千多年的皇朝历史。

然而平静的逊位背后，却有着一段气壮山河的英雄往事。

顺化皇宫远景

1945年8月，胡志明领导的越南独立国盟会（简称越盟）在河内夺取了政权，成立了临时革命政府。远在河内的胡志明，恳请保大皇帝主动退位，但此时，日本公使建议保大依靠日本人歼灭越盟，保大不愿利用外国力量屠杀自己人，于是接受了胡志明的建议。

保大是一位在法国念过书的海归皇帝，见识和阅历相对本国人来说相当超前。

从法国回国登上皇位后，他并非一味地坐享天子荣耀，而是对当时没落的皇朝进行了一定的改革，有的举措还相当先进。只是社会潮流不可阻挡，现代的国家和政府是世界历史的必然选择。

顺化的皇城完全是仿照中国的紫禁城而建，就连名字都一样（Forbidden Purple City），包括皇城建筑群、城墙和护城河。

顺化皇宫建筑　春节皇宫舞狮

除午门、太和殿外，皇城中间还有太庙、官侯厅、戏院、藏书阁、上朝大殿等。不过非常遗憾的是，尽管皇城气势恢宏，是越南历史上最独特的古代皇家建筑群之一，代表了当时皇家园林最高水平，却在法国、日本入侵以及越战中受到严重破坏。

现在的建筑群其实绝大部分都是复建的，建筑物内部也基本没什么文物了，只有两边走廊的墙上还能看见19、20世纪的照片。

站在现场，观看这些代表了人类文明的遗迹，既为这些被战争摧毁的文物惋惜，又为能有人留下这些珍贵的历史遗照而感幸运。

↑ 江边天姥寺入口 ↓ 天姥寺

离开皇城，我步行到香江岸边，搭乘古老的小船，直奔天姥寺。

位于西郊的这座古刹，高高地耸立在香江江畔，跳下小船，就直接到了寺里。

别看是在山上，又紧靠江边，但寺庙的面积着实不小，共有4个院、2个厢，110多间建筑。天姥寺建于1601年，1665年初次修葺，1710年时，寺庙添置了一口重达3285斤的大钟。4年后，寺庙又做了扩建，拥有天王殿、玉皇殿、药师殿等数十座金碧辉煌的建筑。

据说，寺院的素斋还是天姥寺的一大特色，不过与美食相比，我更欣赏这里的自然和人工环境，这里的建筑物精美华丽、风格独特，庭院设计、花卉植物都十分高雅，特别是四周的松柏，挺拔翠绿，错落有致。晚霞透过树林，更显得古柏松木傲然屹立，整个寺庙也焕发出青春的气息。

离开寺庙时，一轮红日徐徐落下，古刹外墙下的香江河边，壮美的景色迎来游人们的驻足。

就像海明威的那句名言“太阳照常升起”一样，进入21世纪，人们更关注心灵的成长和安宁，追求精神的滋养和丰富。此刻，不知会有多少人和我一样，陶醉于眼前夕阳下的香江美景。

夕阳西下

我眼中的岘港

2018 年 2 月 18 日

顺化火车站

在越南旅行，有一段路程一定要选择坐火车，那就是从顺化到岘港，当然反之亦可，否则会“抱憾终生”！

将近 6:00，天还没亮，我离开顺化的酒店，坐车前往火车站。

清晨的顺化，大概因为离海边近，雾气浓郁。虽然只有七八分钟车程，沿路的景色却让我浮想联翩。

恍惚中下车，在候车室稍做休息，工作人员开始验票进站。站台很小、设施陈旧，环境冷清，眼前的景色颇有几分 20 世纪初的

顺化到岘港沿途的海景

“民国风”，只是没有民国时那样嘈杂的环境和拥挤的人流，我当时就想，也许哪位中国导演可以把这里选作电影的外景地。

6:44，火车启动了。

我离开了顺化，远离了雾气茫茫、让人流连的小站。很快列车进入了树木葱绿的小山林，高低不平的山峦、节奏规律的车轨声，让人感觉昏昏欲睡。打了个小盹儿，忽然发现列车的右边出现了一片蓝色的风景，是大海，这真是我此行中极为盼望的一幕。

我立刻移动到了车厢右边，举起相机，疯狂般按动快门！很快，镜头里的景致从半隐半现的海水，过渡到了近在咫尺的悬崖。从车窗向外看，有一段，列车几乎与海水亲密接触，下面的海浪声似乎都能听得一清二楚，白色浪花不断拍打着岩石，像是触碰到了我们的车身。

又过了十分钟左右，一片白色的沙滩映入眼帘，虽然距离不近，但看得出，沙子非常细腻，加上深蓝色的海水，灼热的阳光，此景真是梦幻般的独特、恬静。难怪，美国《国家地理》杂志将此段旅程评为“人生必到的50处美景”之一！

一个多小时的海岸蜿蜒行结束了，我进入了岘港。

哇，这么漂亮的城市！也许是在描写岘港的电影里，我了解到的

岘港多半与苦难有关，但亲眼看见这座城市与我想象中的大不相同，印象立刻颠覆。

我迅速办理了入住手续，把行李放在前台，就直奔岘港大教堂。

一扫离开顺化时的雾气，岘港阳光明媚。

我来到教堂时正好赶上当地人做弥撒。与别处不同的是，岘港大教堂在做弥撒时，所有的门都敞着，神父洪亮的声音，老远就能听见。

坐在门边仅剩的一个座椅上，我观察一下后发现，不只是“开门办祈祷”，神父还是用英文在朗诵教义，教徒也是用英文在唱赞美诗。

此外，教堂周边走廊里也站了很多的教徒，看得出来，他们都相当虔诚。

其实在越南，不论是在河内、顺化还是岘港，教堂布局很多，大小各异，像岘港大教堂这样规模的，算大的了，而且由于外立面全部为粉红色，非常显眼。它也是岘港的标志性建筑和游客必游的景点。

据介绍，这座教堂是于1923年为当地法国人建的，镶嵌着中世纪风格的彩色玻璃

占婆雕刻博物馆的展品

和精美的室内装饰，使得这座教堂闻名遐迩，游人如织。

岘港大教堂旁边还有一座有着100余名修女的圣保罗女修道院，两者可谓相得益彰、互为映照。

天主教是越南第二大宗教，有600万教徒（越南人口9200多万，第一大教是佛教，信徒1200万），越南使用的拼音文字是一位法国耶稣会传教士发明的。

岘港除了景色宜人，现代化程度高以外，还有非常多的历史遗迹和文化遗址。

特别是位于汉江旁边的岘港占族雕塑博物馆，堪称这座城市的文化地标，我在此逗留的时间最长。

博物馆于1915年在法国远东研究院的援助下建成，分上下两层，共8个展区，馆里收藏了5世纪到15世纪古代占族人雕刻制作的珍贵艺术品，它们都是从全国各地收集来的，有各种石人、石兽雕像，各种占族建筑石雕、陶雕。

大大小小的艺术精品近千件，比较多的有圣坛、鹰头人身的金翅鸟、毗湿奴、湿婆等，这些艺术品造型各异、制作精美、栩栩如生，大多是宗教及神话形象。

在越南历史上，占族历史和文化是非常神秘而难解的话题，即便对于本国人甚至是专家而言，也是“说不清、道不明”。

公元 2 世纪（中国的汉朝），占族曾在越南中部建立强大王国，后来逐渐衰败，占族人迁到了越南南部，零星分布在各地。

目前，占族人只有 5 万多人，是越南少数民族之一。因为没有史料流传下来，所以关于他们的兴衰和历史无人知晓，他们到底是一个什么样的组织结构和风俗习惯等，都无从了解，这不能不说是人类社会的一大遗憾和损失。

为了解更多关于岘港的历史和人文，从占族雕塑博物馆出来，解决了食物问题后，我加快节奏，来到岘港博物馆。这是一个关于岘港历史和军事的博物馆。

岘港是越南中部港口城市和海军基地，属于越南第四大城市，是越南五个直辖市之一，人口 71 万多。

1858 年，岘港被法国和西班牙联合远征军攻占，此后沦为法国租界，改名为“沱瀼”（Tourane）。

1889 年，法属印度支那总督府建于岘

雕刻博物馆的展品

地标工程龙江桥

港。“二战”中，曾为日军短暂占领，1947 年日本战败后，再次被法军侵占。

1965 年，美国海军陆战队在岘港湾登陆，并将岘港扩建成大型海空军事基地，1979 年，苏联海军替代了美军，这里成为苏联军事基地。

岘港之所以成为各时期各国军队的占领目标，与它得天独厚的自然条件息息相关。

岘港湾内潮差小，潮流微弱，港阔水深，终年气温温和，年平均温度摄氏二十五六度。加之位于越南中部蜂腰地带，濒临南海，工业较发达，附近有丰富的金、铜和煤矿以及水稻和橡胶等农产品，战略地位可想而知。

20 世纪 90 年代以来，岘港发展速度相当快，已成为越南第二大港口城市。

岘港不仅年轻，还十分摩登，除了岘港天然良港和人工创造的很多美景外，长达 900 多米的美溪公共沙滩，是上帝赐给岘港的天然礼物。

尤其是岸上众多的酒店和海鲜餐厅，在灯光和晚霞的映照下，使得岘港颇具香港维多利亚港的特色和妩媚。

美溪海滩因天然的气候条件、细细的沙粒、干净的海水，被《福布斯》杂志评为世界六大最美丽海滩之一。不仅如此，整个岘港城市都获得了世界文化遗产的称号。

晚上站在横跨汉江的龙桥上，望着四周各种造型的彩灯，来往的船只，摩肩接踵的人流，我不禁想起了由香港导演许鞍华拍摄的《投奔怒海》，这是部描写20世纪70年代岘港百姓生活的电影。

电影的男主角是一位日本记者，他用镜头拍摄了岘港当时下层居民的悲惨生活。1975年的岘港，百姓可谓生活在水深火热之中，失去父亲的琴娘及一家人成了日本记者芥川的活模特。为了解救琴娘和她唯一剩下的亲人幼弟，芥川最后葬身火海。

我不清楚《投奔怒海》的剧本真实性如何，也不知道拍摄此片的意图是什么，如果这部影片是真实的，那么，我今天看到的与当年芥川镜头记录下的，可谓有了天壤之别。

这大概就是历史，也是亚洲人共同的民族特性。也许，这正是当前整个世界都在讨论的话题，21世纪是亚洲的世纪！

↑ 海边的夜晚

《天与地》的西贡

2018 年 2 月 19 日

提起西贡，很多人会马上联想到一些经典的文艺作品，如杜拉斯的《情人》，经典舞台剧《西贡小姐》，法国电影《印度支那》，法籍越裔导演陈英雄的越南三部曲《青木瓜之味》《三轮车夫》和《夏天的滋味》，以及美籍越裔导演裴东尼的《恋恋三季》等。

但这些闻名于世的故事毕竟发生在 19 和 20 世纪，今天的西贡到底什么样呢?

一大早，搭乘越南航空的班机，经过一个来小时的飞行，我从岘港来到了西贡。

从舷窗上看，已经感觉到了西贡清澈的河流和绿色的植被。

从机场出来，出租车司机早已等候多时，还好，西贡不堵车，半个小时后，我们抵达位于市中心的酒店。

刚一落座，一位服务员就端上了一杯水，一会儿又端来一个杯子，双手使劲晃动摇酒器，里面是酒店自制的百香果饮料，兑上白水后，冰凉可口的饮料立刻让疲惫的身体焕然一新，热度也随之降了不少，当天的气温高达 30 摄氏度。

这个小酒店精准而迅速的服务，让我看到了西贡酒店服务业的发达和专业，也有了宾至如归的感觉。

西贡，初次见面印象不错！

办完入住手续，我迅速奔向参观目的地。路上看到一家越南的连锁咖啡店，我决定进去尝试下举世闻名的越南咖啡。

咖啡馆很大，但很空旷，人不算多，我选择了一杯传统咖啡和一块三明治，感觉味道不错，更让我意外的是，连锁店竟然提供滴漏咖啡，味道相当纯正。

时间有限，喝完咖啡，就迅速朝越南统一宫方向走去，但顺路也看了看马里阿曼寺庙，这是一家建于 19 世纪末的印度寺庙，供奉着印度女神马里阿曼。

也许是因为过年，庙里有不少越南当地人。看得出，每个敬拜的人都非常虔诚，这与我们在中国城看见的宗教活动有明显差异（参见下篇）。在越南的这几日，我发现各种宗教场所相当多，来寺庙或教堂的人也很密集，也许与过春节有关，但无论如何，信众的人数已经说明了问题（参见上篇）。

冒着炎炎烈日，我终于到了统一宫的进门口，走近看，建筑物的风格相当独特，这是一座越法混合风格的大型建筑，最初由法国驻越南南方总督拉格兰帝耶于 1869 年开始兴建，1871 年建成后取名“诺罗敦宫”，占地 2 万平方米。

1954年《日内瓦协议》签订后，法国撤离，西贡政权接过诺罗敦宫，改名为“独立宫”。

1962年，西贡军队两名飞行员驾驶战机，投弹炸毁了独立宫的左侧部分，同年重建。

1975年4月30日，两辆坦克碾门闯入独立宫，降下西贡政权的“国旗”，升起越南南方临时革命政府的旗帜，30年的内战到此结束，同年，国家统一政治协商会议于此宫举行。现在，统一宫成为召开政府会议、接待各国元首的地方，也是国内外游客必访之处。

说起来，统一宫还与中国有着不解之缘。宫殿被炸后，越南建筑师在设计时将整个宫殿呈“吉”字造型，寓意美好和幸运；顶层呈“口”字，寓重视教育和言论自由；整个宫殿的全部围栏和柱子共同形成“兴”字，寓国家永远兴盛等。

统一宫

可容纳 500 人的大会议厅

走在统一宫里，宽敞明亮的楼体让人颇感现代和便捷，楼道不仅宽，房间也很高大，一反越南其他建筑的小巧玲珑。

一些家具和装饰物等也都具有亚洲风格和含义，让我非常惊讶的是，整个建筑物都没有使用空调，而是门窗大敞，但桌面和地上非常干净，看来西贡的空气质量不错，管理也非常到位。

其实，我在越南很多的博物馆都注意到了这个特点，也许这是越南气候的好处，至少节约了不少的能源，但会对文物保护有影响吗？

离开统一宫，我来到战争遗迹博物馆。博物馆门前的飞机和坦克等，立刻把我“拉回”到了 20 世纪 60 年代的越南。

↖ 战争遗迹博物馆外面的展品

← 关犯人的笼子

还未进入博物馆，左侧有一排实物展示，包括监狱、闸刀、牢笼、刑具以及许多牺牲的革命战士的照片和事迹展。进入博物馆后，大量真实的、黑白的、冲击力巨大的照片，让观众倍感战争的残酷和血腥，这些照片有战争场面，有战士、平民，也有国际新闻摄影记者，包括日本摄影家的时事照片集，此外也有儿童教育厅、世界各国支持越南抗战的大量珍贵图片。

有一组数据令人震惊，越战期间，300 万越南人被杀害，其中 200 万是平民，另有 200 万人受伤，30 万人失踪。8 年越战，给越南人民带来了深重的灾难，也给美国人民带来了巨大的经济损失，和失去亲

西贡的圣母大教堂

人的痛苦。

事实上，只要是战争，就没有输赢之分！

从博物馆缓步走出，我在周边看见许多和平海报招贴画，这是呼唤和平的声音，是时代的洪流。也正是有了和平的空间和时间，越南才从战争的废墟中重新站立了起来。

西贡，这座有着优美环境，产生了许多经典作品的城市，如今是越南最大的港口城市，人口超过了 1200 万，商业发达，旅游品牌成熟，是世界级的旅游胜地。

晚上，站在胡志明广场，人声鼎沸，车流不息，周边的灯光，不，应该说整个西贡都散发着五彩的光环。那些美丽的灯光造型，鲜艳的色彩搭配，使得西贡成了灯光的海洋、鲜花的世界。

此时的我，很想用美国导演奥利弗·斯通执导的越战三部曲的最后一部——《天与地》的片名，来表达我对西贡前后印象的变化，愿西贡这座美丽的城市，继续谱写多姿多彩的韵律！

胡志明歌剧院

东西合璧的西贡

2018 年 2 月 19 日

西贡河岸

经过昨天对西贡的首次“触碰”，战争和政治的印痕暂时从脑海中消失。

今早，我打算对市内的几个景点进行一次轻松的拜访。

顺着酒店附近的老城街道，边走边欣赏拥挤的、风格迥异的各色建筑，一个新颖的、生活化的，同时也是现代的西贡，让我逐步对它产生了多元化的印象。

走到西贡河边时，法国电影《情人》开场的一幕浮现于眼前：杜拉斯（片中名为简）在停靠西贡河码头的船舷边，一只脚踩在栏杆

仿巴黎圣母院建造的天宫圣母教堂

上，眼睛朝远方眺望。梁家辉饰演的中国阔少刚从法国回到西贡，一眼看上了身材窈窕、充满青春活力的简，于是一场异乎寻常的、刻骨铭心的、留存百世的经典爱情故事发生了……

不过，现在的西贡河边，当年的外景地早已经被拆除，但这条河依然吸引着无数看过这部电影或小说的游人驻足。

当然，杜拉斯的奇迹或成就，远不是一部《情人》可以概括，她独特的文字能力，特殊的家庭背景，以及所处年代的变幻，使得她的人生充满传奇，绚丽多姿，举世无双。

告别了西贡河，带着一点小遗憾，我决定乘坐一次西贡的公交车。

西贡的公交车，远处看，极不起眼，深浅绿色的搭配，从车身看有点土气，加之车身很短，因此我对其有点看低。

但坐上车后，我发现里面的座椅等设施都很现代，空调极好，更让我开眼界的是，车里竟然还有急救用品，车里乘客寥寥，都是些老年人和我这样的外国人。想了想，可能是因为越南的交通以摩托车为主，公交确实成了配角。

很快，汽车就到了目的地附近，我快步走向圣母教堂和中央邮局。

中央邮局内部

圣母教堂是法国人于1877年动工修建的，是西贡最大的天主教堂。它不仅是当地教徒的礼拜堂，也是游人必去的西贡景点之一。

从外表看，风格几乎与巴黎圣母院一模一样，更神奇的是，建筑材料包括螺丝钉等都是从法国运来的。但遗憾的是，目前教堂正在修葺，无法进入，好在它旁边的中央邮局对外开放。

中央邮局是法国殖民时期的首座邮局，建于 19 世纪末。不过从前脸看，倒更像是一座火车站，进入大厅后，整个建筑的恢宏和功能一览无遗。

大厅正面，是胡志明的画像，两边有 19 世纪的巨幅世界地图，

中央邮局

地图下是刻有雕花的暗红色木制电话亭，也许是时过境迁了，现在的电话亭大多成了 ATM 机的保险柜了，而有的柜台则成了办理当地人社保的地方。

也难怪，现在谁还打长途电话和邮寄信件了呢！

离开邮局，我再次乘坐公交车前往美术博物馆。这个博物馆离市中心相对较远，它是一座具有越法混合风格的建筑，建成于 20 世纪初，由越法两国的设计师共同完成的。

美术馆有三层，是越南国家一级博物馆。美术馆里面的作品主要是关于战争的，正对门的一部老式电梯让我记忆深刻，据说这是西贡第一部电梯。

中国人常说，好饭不怕晚，又或者叫好戏都是压轴的。

现代艺术博物馆的展品

↖ 唐人街一角　↑ 唐人街的对面

今天的最后一站，我放在了唐人街，过去叫堤岸，也就是《情人》里，中国阔少和杜拉斯经常幽会的地方，是西贡一个比较重要的景点。

来到唐人街，一些具有中国风格的物品映入眼帘，比如汉字的招牌和广告，绣球狮子，中式生活物品等。

20 世纪中期，这里是世界上最大的华人社区之一，住有华人约 50 万，20 世纪初，堤岸是西贡第一富庶之地，华人在当地工商业中都拥有举足轻重的地位。

现如今，这里道路破旧、高低不平，一些店铺或住家昏暗不堪，店铺凌乱不整，所谓的商品也早已过时了，有的样式几乎是二三十年前的，质量更是无法恭维。

再看看那些破旧甚至是露着洞的遮阳伞，那些侧立着的破旧桌椅，我不禁为生活在唐人街的华人悲哀！

当年，他们的祖先可能是为了逃避苦难或战火，来到越南，又或者是为了进行两国间的贸易。

如今，祖国昌盛了，日子富裕了，他们却还生活在困苦当中。本来，此时的我早已是饥肠辘辘（快下午三点了还未吃午饭），但我丝毫没有食欲，只想尽快地逃离此地。

我是打车回到酒店的，在酒店的楼下小店坐下，心情稍微平复，我点了份西式的餐点，看着旁边喧闹的人群，众多肤色的游客，我开始给西贡做个小小的印象总结：

西贡，既时尚又传统，既拥挤又宽松，国际化，也越南式。总之，介于东和西之间，在变与不变之间。

西贡街景

湄公河之行

2018年2月21日

在即将离开西贡之前，我报了个湄公河一日游。

我们这个小团队一共10人，分别来自四个国家。导游很能说，英文也很流利，大家聚齐后，车上，他简单介绍了下湄公河的情况：湄公河是东南亚最长的河流，全长4900多千米，但在越南境内分成六支，由于河中沙洲分隔的原因，到三角洲地区，共有九个河口入海，所以又名九龙江。

大约一小时后，我们抵达了一个小工厂，这是专门为受越战橙剂炸弹伤害的人开办的。

这里，工人以生产越南特有的漆器手工艺品为生。不过生产程序还真挺独特：首先，工人们在画有图案的木板上钉上碎鸡蛋壳，下一道工序的人主要是涂漆料，再下一道工序是在水池子里反复洗刷木板。最后一道工序是打磨边角，加上边框之类的工作。

虽然生产过程中，看不出艺术品的精致，但展厅里每件手工艺品都令人爱不释手，但价格有些许昂贵。

离开厂房，车子大约又开了半个小时后，我们抵达今天的主要目的地之一古芝地道。

这里离西贡只有 40 千米左右，交通方便。越南抗法时，它是农兵徒手挖了 20 多年才挖成的。

受橙剂影响人群手工艺品制作工场　古芝地道

这么小的洞口，身材魁梧的人进去不容易的

到越战时，这里成为抗美的重要地下基地，由越南共产党（简称越共）建造，长约250多千米，由无数条又窄又矮（高宽不到80厘米）的地下通道交错而成。

别看地道很狭窄，但作为指挥部，地道中不仅有会议室、参谋室，还有医院、厨房、卧室、粮库及众多的陷阱等。

越战时，这个区域实际上是越共在南越的总部，尽管美军也知道这个地道的存在，但由于整个系统复杂、坚固，加上地道入口处隐蔽巧妙，因此很难被美军找到入口。

有的地道钻进去，人根本不能伸直腰，有的地道完全是出溜着才能通行。难以想象，越战时，战士们要克服多么大的困难，那毕竟是还要拿着武器，冒着天上飞机的袭击，缺吃少穿，缺乏医疗的年代。

关于越南人的性格，导游在快结束古芝游时，指着一丛竹林说，“越南人就像这些竹子，砍掉一批又会很快生长出新的竹子，生生不息！”

看来真的不假，

离开古芝，吃过午饭，我们继续往前行，不久，就抵达了湄公河。

迎着灿烂的阳光，轮船乘风破浪，我们向湄公河三角洲最富饶的地区驶去。

到了陆上，导游带领我们体验了一下湄公河地区居民的日常生活和一些旅游项目。

我们被带到一些小桌子前坐下，品尝蜂蜜茶之类的当地土特产。之后，又被安排坐在一个凉棚下，欣赏当地人的表演，三位穿着奥黛的小姐，演唱了几段当地的民歌，尽管一个字没听懂，但还是很好听的。

此时，天已经不早了，该回城了，我们每四位游客一波，乘坐一个独木舟。

独木舟的划桨人是个女的，划了一段时间后，我发现似乎艄公都是女性，而且年纪都不小了，她们穿着鲜艳的奥黛，手中轻轻地摇着桨，颇有些女中豪杰的模样。

可以想象，在抗法和越战时期，越南妇女也一定充当了极为重要的角色。也许，亚洲的妇女都有着不一般的性格和毅力，这种优良的传统，是一个民族的财富，也是国家建设的强大基础。

在浑浊得发红的河水中继续慢慢前行，我的镜头似乎“粘”在了水中的各类植物上，它们很坚强，有些看上去折断了或老死了，但很多又迅速生长起来。

泥浆似的河水和波浪拍打着河岸，也滋养着水中的生物，抚育着岸边的渔民。我们所在的这片土地，正是越南最富饶的地区，是越南的鱼米之乡。为越南提供了丰富的粮食和原材料。

然而再富庶的土地，也只有在和平的时代、安宁的生活中，才能迸发出惊人的产出和收获！

湄公河上的女性艄公

坐在小船上，回想这几日的旅行，一种畅然和欣喜油然而生。

迎着湄公河的微风，我想起了湄公河的起源，中国云南的澜沧江，以及它流经的其他几个东南亚国家。

亚洲是一个物产丰饶的地区，也是地理和文化相近的共同体，湄公河就像是一条友谊的纽带，将河两岸各国人民联系了起来。

愿亚洲人民团结起来，共享 21 世纪美好时代！

↑ 非常“考验人”的独木桥